ESTUDOS SOBRE A PERDA

ESTUDOS SOBRE A PERDA

[04 TEXTOS DE ED ANDERSON]

HUMANALetra

Edição: José Carlos Honório
Revisão de textos: Carmen Costa
Capa e paginação: A2
Imagem da capa: Guilherme Matheus

Nesta edição respeitou-se o novo Acordo
Ortográfico da Língua Portuguesa.

Dados Internacionais de Catalogação na Publicação (CIP)
(Câmara Brasileira do Livro, SP, Brasil)

Anderson, Ed
Estudos sobre a perda / Ed Anderson. -- 1. ed. --
São Paulo, SP : Editora Humana Letra, 2022.

ISBN 978-85-53065-09-7
1. Teatro brasileiro I. Título.

22-117076 CDD-B869.2

Índices para catálogo sistemático:
1. Teatro : Literatura brasileira B869.2
Eliete Marques da Silva - Bibliotecária - CRB-8/9380

2022

Rua Ingaí,156, sala 2011 – Vila Prudente
São Paulo – SP Cep: 03132-080
TEl: (11) 2924-0825

É preciso lidar com as perdas.
Preciso lidar com as perdas.
Lidar com as perdas.
Com as perdas
As perdas.
Perdas.
.

Para a minha mãe, Evanni Mascarenhas Silva.
In memoriam;

Para o encenador Francisco Medeiros.
In memoriam.

SUMÁRIO

Apresentação

Eu tenho a sorte de trocar artisticamente com o Ed Anderson nesses últimos anos. Como intérprete e discípula do teatro há quarenta anos, não é difícil descrever o "serviço" desse autor contemporâneo. Seus textos expressam sua curiosidade e inquietação pela vida dos homens. Suas conexões realistas, surrealistas, culturais, regionais, universais nos transformam em curiosos, também. Ficamos todos curiosos diante de sua obra. Todos que assistem, leem, dirigem ou interpretam. Ele tem o poder de nos cutucar, de nos acordar para os detalhes. Ahhhh... os detalhes que são tudo na "colcha" da vida. O Ed funciona como uma linha fina, complexa, forte, que amarra, costura e borda de maneira surpreendente todas as formas da existência.

Ester Laccava (atriz/diretora)

Prefácio – Personagens à procura da libertação

Em *Os Dois e Aquele Muro,* Jonas usa um anel de ametista herdado pelo pai, signo de uma memória perdida e de uma identidade perseguida. Tula, uma das protagonistas de *Para Duas,* por sua vez, convive com a sombra paterna enquanto recebe a visita de Anete, a mãe que os abandonou décadas atrás. Quem anda ressentida é Selma, a cantora de *Piso Molhado,* cuja filha não atende suas ligações nem para retribuir a um feliz Natal. Pode tudo parecer fruto de sua imaginação, nada, porém, soa tão perturbador quanto os sentimentos de Amanda, a personagem de *Dois por um Bordeaux,* que sofre pela falta de conexão com o marido, Tomaz, na hora de cuidar do filho pequeno.

O dramaturgo Ed Anderson explora a imaginação dos personagens como gatilho detonador dos conflitos nos seus textos. Este livro, *Estudos sobre a Perda,* traz um recorte de sua obra, produzida na década de 2010, uma fase em que o teatro brasileiro começou a deixar de lado as temáticas intimistas em nome de questões coletivas e pautas identitárias. Se a maioria dos artistas entrou em sintonia com as convulsões sociais e políticas, Anderson não fechou os olhos para os temas latentes – em *Piso Molhado,* por exemplo, eles vão além das entrelinhas e em *Para Duas* existem referências a uma libertação feminina –, mas preferiu buscar o espelhamento do espectador/leitor através da identificação pessoal nas relações travadas entre pais e filhos.

As quatros peças que formam o volume, *Os Dois e Aquele Muro, Par Duas, Piso Molhado e Dois por um Bordeaux,* têm em comum a exposição de situações mal resolvidas, originadas em famílias repletas de imperfeições e sentimentos contraditórios, que, por vezes, precisam da muleta da imaginação como alívio. Virou moda usar o termo "família disfuncional" ao retratar pessoas ligadas pelo sangue que não convivem em plena harmonia. Em sua escrita madura, entretanto, Anderson foge de estereótipos porque já deve ter assimilado que nenhuma relação cumpre perfeitamente todas as suas funções e, nem por isso, a caricatura se faz presente ao transformá-las em ficção.

Ed Anderson é baiano, de Salvador, o que, de cara, já lhe deve garantir certa leveza e um caráter que evita julgamentos em relação ao comportamento do outro. É o filho mais velho de um trio que se completa com uma irmã psicanalista e um caçula advogado. O pai, Djalma, viveu uma juventude boêmia, regada a serestas, até que, um dia, se encantou por Evanni, aquela que seria a mãe de seus meninos e, na mocidade, chegou a ser eleita a Rainha dos Comerciários da capital baiana.

Poderiam ser um casal típico dos folhetins, como salienta Anderson, mas, claro, faziam parte da vida real, e Dona Evanni sempre personificou a praticidade e o pé no chão, logo discordâncias à vista. "Acredito que o núcleo familiar agrega uma dramaticidade propícia a diálogos interessantes e bons conflitos, como o Nelson Rodrigues fez com maestria e o Tennessee Williams também", afirma Anderson. "Devo à memória do meu pai o gosto por ler e escrever, a minha infância foi cercada pelos clássicos de Monteiro Lobato que ele me fornecia e, na adolescência, em sua biblioteca, além da coleção da revista *O Cruzeiro*, eu conheci *O Lobo da Estepe*, de Hermann Hesse, uma grande influência."

Jonas e Lúcio são os personagens de *Os Dois e Aquele Muro*. O texto veio à tona em uma encenação dirigida por Francisco Medeiros em 2016, em São Paulo, com os atores Luciano Gatti e Plínio Soares. O ponto de partida é um encontro às escuras. Em uma noite chuva, dois homens se conhecem em um bar depois de conversarem através de um site – ou aplicativo – de relacionamentos. Jonas, 40 anos, é inseguro, arredio, pouco disposto ao jogo de sedução alimentado por Lúcio, de 55, um colecionador de arte, que, entre outras intenções, está ali para entregar uma encomenda ao interlocutor.

O que parece uma das tantas histórias inspiradas na temática homossexual comum à obra do escritor Caio Fernando Abreu muda de trilha ao gradualmente se alimentar de um suspense psicológico. Sim, porque, na década de 1980, o auge de Caio, fazia total sentido dois homens em um bar escuro ouvindo jazz na intenção de alcançar alguma intimidade. Anderson, quase quarenta anos depois, sustenta a trama baseado em outro conflito, que pode ser a crise de identidade de Jonas ou até uma certa psicose de Lúcio, mas o clímax é estabelecido na forma com que a tal encomenda poderá ou não estabelecer uma ligação entre eles.

As mágoas entre mãe e filha aparecem disfarçadas por um certo absurdo em *Para Duas*. O texto teve a primeira montagem em 2012, em Minas Gerais, e ganhou projeção em uma temporada digital, que estreou em agosto de 2020, nos primeiros meses da pandemia do coronavírus, e chegou ao público presencial no começo do ano seguinte. Sob a direção de Elias Andreato, Chris Couto, Karin Rodrigues e Claudio Curi se dividiram entre os personagens em uma encenação que se destaca pelo jogo nonsense estimulado por Karin, como Anete, em contraste ao registro interiorizado de Chris, na pele de Tula.

Anete bate na porta da filha depois de tantas décadas a ponto de ela não conseguir reconhecê-la. O recurso adotado por Anderson cria um desconforto ao espectador/leitor a ponto de gerar um questionamento se aquela ação se trata do retorno da "mãe pródiga" ou, quem sabe, um delírio da filha que também não se desvencilha do pai. Quem sabe, Tula apenas sonhasse com pequenos momentos de intimidade nunca vividos, como sentar a mesa para um jantar, dividir um vinho e fumar um cigarro em dupla. Como ela mesma diz, passou a vida esperando por uma pessoa que nunca vinha. Então, que seja essa a hora.

Despachada e pouco sensível, Anete comenta com Tula que cansou da obsessão do ex-marido pelo cinema e resolveu escrever a sua própria vida. Pode ser um comportamento ansiado pelas mulheres de sua geração – Anete tem por volta de 75 anos –, que começaram a ver uma libertação se desenhar a partir da década de 1960 e bateram a porta do lar da forma que estava ao alcance. Mas foi Tula quem pagou o preço das escolhas da mãe e, por aqui, de uma maneira sutil, Anderson esboça questionamentos sobre uma tomada de campo impulsiva de mulheres que abraçaram sonhos sem medir consequências.

O tempo parece todo embaralhado em *Piso Molhado* e, curiosamente, este é o texto do volume que mais carrega referências da época em que foi escrito. O espetáculo, dirigido por Mauro Baptista Vedia, estreou em julho de 2019 em São Paulo com os atores Patricia Gasppar, Helio Cicero, Carlos Palma e Valéria Pedrassoli. Única comédia da tetralogia, *Piso Molhado* alcança o riso em meio à tragicidade dos personagens em um flerte do dramaturgo com o cinema do espanhol Pedro Almodóvar.

Selma é a cantora de boate ignorada pela filha, enquanto o pianista Tony aguarda, quase resignado, o resultado de um exame – e compara a sua relação com o jovem amante àquela dos personagens de Thomas Mann no romance *Morte em Veneza*. A entrada em cena de Osvaldo, o encanador que vai resolver um problema no sistema hidráulico da boate em que a história é ambientada, coloca a peça em um curso mais realista e humaniza Selma, limpando os excessos iniciais da personagem.

Com Osvaldo é oferecida uma reflexão em torno dos contrastes sociais. Por mais que todos ali corram atrás do dinheiro de hoje para comer amanhã, Osvaldo representa o imigrante que fugiu para a cidade grande em nome de uma boa vida nunca chegará e, sofrido, ele escancara o próprio fracasso. "Vivo de bicos e bicadas", diz ele. "Tenho mais três lugares pra visitar hoje, meu carro tá na oficina, meu celular tá sem crédito, essa greve de ônibus deve durar muito tempo e eu acho até bom, pois não se brinca com os direitos do povo..."

Por fim, *Dois por um Bordeaux* é o único dos textos de Anderson, que, pelo menos até o momento da escrita deste prefácio, nunca ganhou os palcos. Foi apresentado em uma leitura, dirigida por Francisco Medeiros em 2017, em São Paulo, com os atores Daniel Alvim e Helena Ranaldi defendendo os personagens Tomaz e Amanda, e Tuna Dwek, marcando as rubricas. Tal ineditismo surpreende porque é a obra deste livro com um maior apelo comercial e uma temática capaz de atingir plateias amplas, podendo inclusive dialogar com o audiovisual.

Tomaz chegou em casa de madrugada, saiu para beber com os colegas da firma e perdeu a hora. Será mesmo? Está angustiado, infeliz com um trabalho que pouco lhe exige e fica mais irritado ainda ao tropeçar nos brinquedos do filho espalhados pela casa. Amanda é uma intelectual, interrompeu a carreira acadêmica por um motivo que se demora a entender e parece sem forças para retomá-la. As discordâncias do casal explodem quando o assunto gira em torno da criança. A bagunça dos brinquedos do filho, o sono atrapalhado do filho, a festa de aniversário do filho, o presente de Dia dos Pais que não é entregue pelo filho. Tomaz não aguenta mais essas histórias. E o espectador/leitor fica intrigado diante de tanta impaciência.

Em *Dois por um Bordeaux,* Anderson aborda as dificuldades de um casal em reorganizar o relacionamento diante do imponderável e essa questão, de certa forma, diferencia este texto dos outros. Em *Os Dois e Aquele Muro, Para Duas* e *Piso Molhado,* há um desencadeamento de ações, causas e consequências e uma tênue tentativa de reparação. Aqui já findou o ato, a cortina se fechou e precisa ser reaberta de algum jeito. Por isso, *Dois por um Bordeaux* é mais enigmático, tem um pouco de Harold Pinter, outro tanto de Ingmar Bergman, mas, quando decifrado, se torna o mais acessível.

Ed Anderson costuma oferecer ao espectador/leitor a possibilidade de ele mesmo dar uma continuidade para a narrativa, caso deseje recorrer à própria imaginação. O autor libera as possíveis cenas seguintes – aqueles que não escreveu e apareceriam depois do FIM –, estabelecendo um pacto com quem acompanhou a trama. "Algo do tipo: 'Vamos torcer juntos para que eles voltem a se encontrar de alguma maneira?'", avisa o autor. E, diante desse raciocínio, o final aberto se torna uma característica de sua obra e, no caso destas quatro peças, a perda citada no título do livro também abre espaço para a libertação para os personagens.

Dirceu Alves Jr.

OS DOIS E AQUELE MURO

"A lua completa mais de uma volta pelo zodíaco.
E o anjo pálido troca o mel pelo sal."
Caio Fernando Abreu

A primeira montagem deste texto estreou em 13 de junho de 2016 no Espaço dos Fofos. São Paulo.

FICHA TÉCNICA

Dramaturgia: Ed Anderson. Direção: Francisco Medeiros. Elenco: Luciano Gatti (Jonas) e Plínio Soares (Lúcio). Assistente de direção: Aline Meyer. Cenografia e adereços: Heron Medeiros. Figurinos: Marichilene Artisevskis. Iluminação: Domingos Quintiliano. Assistente de iluminação: Vinicius Requena. Trilha sonora: Aline Meyer. Preparação corporal: Bruna Longo. Fotos: Bob Souza. Projeto gráfico: Heron Medeiros. Assessoria de imprensa: Pombo Correio. Cenotécnico: Kiko Venâncio. Contrarregra: Murilo Carvalho. Operador de som: Anderson Franco. Operador de luz: Vinicius Requena. Bilheteria: Diane Oliveira. Produção executiva: Ana Elisa Mattos. Direção de produção: Maurício Inafre.

A segunda montagem estreou em 25 de março de 2022, no Teatro Nilton Filho. Porto Alegre.

FICHA TÉCNICA

Dramaturgia: Ed Anderson. Direção: Paulo Guerra. Elenco: Juliano Passini (Jonas) e

Renato Santa Catharina (Lúcio). Cenografia: Jony Pereira. Figurinos: Antonio Rabadan. Assistentes de figurinos: Jean Civa, Gabriela Macedo e Júlia Abruzzi. Trilha sonora original: Ben–Hur Borges. Iluminação: Anilton Souza. Arte: Jean Civa. Criação da máscara "Ganimedes": Lucas Strey. Coreografia: Renata Stein. Fotos: Raul Krebs/ Rodrigo Nunes. Divulgação: Lauro Ramalho. Bilheteria: Giovani Santos. Produção executiva: Paulo Guerra. Realização: Cia Halarde de Teatro.

Foto: Bob Souza.

Plínio Soares, Luciano Gatti e Francisco Medeiros (em ensaio). Foto: Divulgação.

Foto Cartaz: Rodrigo Nunes.

Juliano Passini e Renato Santa Catharina.
Foto: Rodrigo Nunes.

PERSONAGENS:
JONAS – Arquiteto. Inseguro. Quarenta anos.
LÚCIO – Colecionador de antiguidades. Sedutor. 55 anos.

AMBIENTAÇÕES:
Um pub/ Sala e quarto da casa de LÚCIO.

TEMPO:
Noite/ Madrugada

PARTE 1

Noite de chuva. Luz meio escurecida. Um pub, quase vazio. Ouve-se, ao fundo, o som de um blues. LÚCIO está sentado em uma das mesas. JONAS chega apressado.

JONAS – Desculpe o atraso.

LÚCIO – Que bom que você veio.

JONAS – Esperou muito?

LÚCIO – Só o tempo de duas vodcas.

JONAS – Desculpa. Foi mal...

LÚCIO – Tá tudo bem.

JONAS – (*nervoso*) Esqueci que hoje é sexta. O trânsito na cidade está um caos... E eu devo ter anotado o endereço errado, demorei pra encontrar esse lugar, dei umas três voltas no quarteirão com o carro e...

LÚCIO – (*decidido*) Senta.

JONAS – (*obedece desajeitado*)

LÚCIO – Toma alguma coisa?

JONAS – Primeiro um copo d'água. Corri um pouco nessa chuva. (*limpa os óculos*)

LÚCIO – Parece que estamos num inverno antecipado.

JONAS – Esse tempo é mesmo imprevisível.

LÚCIO – E quem não é hoje em dia?

JONAS – Eu trago sempre no carro bronzeador e guarda--chuva... (*riso tímido*)

LÚCIO – Você deve ser daqueles eternos precavidos.

JONAS – Nem tanto. Também dou minhas derrapadas.

LÚCIO – (*irônico*) Pelas madrugadas?

JONAS – (*ri, rubro*) Não, faz tempo que não saio nesse horário. Eu tenho trabalhado muito porque preciso...

LÚCIO – Poderíamos ter marcado outro dia.

JONAS – Não, não... Tinha que ser hoje.

LÚCIO – Por quê?

JONAS – (*desconversa*) Aqui dentro não está tão frio.

LÚCIO – Belo anel.

JONAS – O quê?!

LÚCIO – Esse anel...

JONAS – Ah...

LÚCIO – É uma bela joia.

JONAS – Esse volume da música está muito alto, não acha?

LÚCIO – Quer trocar de lugar?

JONAS – Não, não, por mim tudo bem. (*pausa*) Eu também gosto.

LÚCIO – Do quê?

JONAS – Desse anel.

LÚCIO – Tem um estilo clássico.

JONAS – Foi do meu pai. Ametista.

LÚCIO – Digamos que o violeta dá um tom... envolvente.

JONAS – O meu pai não era tanto.

LÚCIO – (*curioso*) Vocês não se davam bem?

JONAS – (*disfarça*) Você não me disse que usava barba...

LÚCIO – Pois é... Eu deixei crescer faz pouco tempo. (*passa a mão pela barba*)

JONAS – Interessante.

LÚCIO – A barba?

JONAS – Esse lugar.

LÚCIO – Gosto dos tipos que frequentam.

JONAS – Meio pitorescos, não?

LÚCIO – Está vendo aquele careca de óculos?

JONAS – Onde?!

LÚCIO – Aquele ali... Sentado na mesa do fundo.

JONAS – Sei.

LÚCIO – Ele sempre pede várias doses de uísque e no fim devora uma porção de brownie com chantilly.

JONAS – É o primeiro bêbado que conheço que tem uma ressaca doce.

LÚCIO – Ressaca é tudo igual, cara. Só muda o motivo do porre.

JONAS – Pois para mim é um pouco estranha esta situação.

LÚCIO – Da bebida?

JONAS – Não, desse nosso encontro.

LÚCIO – Está decepcionado.

JONAS – Não, não é isso...

LÚCIO – Achou que seria diferente?

JONAS – (*abstrai*) Exótica essa decoração.

LÚCIO – (*impaciente*) Olha aqui, se você quiser desistir eu...

JONAS – Calma, só estou dizendo que é um pouco novo para mim... Só isso.

LÚCIO – Está tudo bem, então?

JONAS – Sim, sim... Tudo tranquilo.

LÚCIO – Melhor assim.

JONAS – Melhor pra quem?!

LÚCIO – Você tem medo do novo?

JONAS – Estou aqui, não estou?

LÚCIO – Sabe... No fundo, eu acho muito excitante tudo isso.

JONAS – Você tem mais experiência, não é mesmo?

LÚCIO – Não sou tão velho assim.

JONAS – Não me refiro a idade... É a prática mesmo.

LÚCIO – Não existe maturidade quando se fala dessas coisas.

JONAS – Coisas?!

LÚCIO – Sim, esse negócio de falar da gente, de se expor, sei lá... Nunca fui muito de blá-blá-blá.

JONAS – Eu acho que...

LÚCIO – Fala.

JONAS – Ah, bobagem.

LÚCIO – O quê?

JONAS – Nada... Eu ia dizer um daqueles chavões de semanário: "Sempre temos alguma coisa trancada dentro de nós".

LÚCIO – Poxa, mais dramático impossível! (*ri*)

JONAS – (*mais sério*) Mas me conte mais de você.

LÚCIO – O que você quer saber?

JONAS – Como foi o seu dia?

LÚCIO – O meu cão melhorou... Falei que ia levá-lo ao veterinário hoje?

JONAS – Sim, sim, você me disse. Que bom, não?

LÚCIO – Ele está tão bem que até quebrou uma estátua inca que ficava na estante. Caríssima.

JONAS – Você também coleciona peças incas?

LÚCIO – Tenho algumas delas.

JONAS – O que mais armazena?

LÚCIO – Já te disse que tenho um verdadeiro fetiche por antiguidades.

JONAS – E ao mesmo tempo admira o novo?

LÚCIO – Eu admiro o que me atrai. (*toca o anel de JONAS*)

JONAS – Ele era músico. Reservadíssimo. Sempre lá no cantinho dele.

LÚCIO – Sempre fugi de guetos.

JONAS – Não esqueça que foi num mundo virtual que nos conhecemos.

LÚCIO – Ah, foi diferente...

JONAS – (*curioso*) Trouxe?

LÚCIO – O quê?!

JONAS – O que combinamos.

LÚCIO – (*olha para um ponto distanciado*)

JONAS – (*irônico*) Posso ler o seu pensamento?

LÚCIO – Gosto dessa música. Ouça.

JONAS – (*escuta*)

LÚCIO – Sarah Vaughan?

JONAS – Não... Dinah Washington.

LÚCIO – Eu sempre me confundo.

JONAS – *What a difference a day makes.*

LÚCIO – Nada mais propício para uma noite de chuva com dois estranhos.

JONAS – Agora já não tão estranhos, "Sr. Lúcio".

LÚCIO – É verdade. (*pausa*) Gosto do seu nome: Jonas! Deveríamos ter marcado este encontro perto do mar, assim você traria a baleia. (*risos*)

JONAS – Essa baleia é o meu projeto-mor em arquitetura.

LÚCIO – E você quer mesmo ficar só lecionando?

JONAS – Tenho problemas com construções.

LÚCIO – Sério?

JONAS – Acho que a minha vida ainda não saiu do papel.

LÚCIO –Talvez ela seja um projeto que exija um investimento a longo prazo.

JONAS – Que hoje completa quarenta anos.

LÚCIO – Poxa, por que não me contou que era o seu aniversário?

JONAS – Eu nunca gostei de comemorar. Mas nessa noite eu preciso de algo diferente.

LÚCIO – Tipo?

JONAS – Tem fogo?

LÚCIO – (*acende o cigarro de JONAS*) Aquariano?

JONAS – Sim. Sem conexão com essa nova era. Ainda não me enxergo bem.

LÚCIO – O cenário está embaçado?

JONAS – Estou em busca do espelho que reflita a minha verdadeira imagem.

LÚCIO – Sabe que eu prefiro as vitrines? São melhores que os espelhos.

JONAS – Como assim?!

LÚCIO – Além da nossa imagem elas nos mostram algo interessante do outro lado.

JONAS – Deixe-me pensar... O espelho reflete um "eu" aparente, as vitrines refletem um "eu" sonhado. Qual instrumento, então, refletiria o "eu" não falseado?

LÚCIO – Hummm... É complicado isso.

JONAS – É essa a minha busca, entende?

LÚCIO – Epa... Mas que papo é esse, rapaz? Baixou a tal filosofia?

JONAS – Desculpa, acho que fui muito profundo.

LÚCIO – Eu é que fiquei distraído.

JONAS – Eu ando meio deprê.

LÚCIO – Então, usarei todo o meu lado leonino para fazer dos próximos momentos algo inesquecível. (*finge rugir*)

JONAS – Já está sendo. (*declamativo*) Eu nunca havia estado numa noite chuvosa com um colecionador de antiguidades que adora o novo e tem um cão feroz que destrói peças incas por ciúmes do dono ou repúdio às tradições peruanas.

LÚCIO – Nossa, um arquiteto que constrói com as palavras... Você daria um bom escritor, sabia?

JONAS – (*modesto*) Um bom escritor nada mais faz do que

registrar momentos da vida em um papel com alguns tons borrados. Só isso.

LÚCIO – Não tenho tempo para lembrar do que passou. Eu olho sempre para a frente.

JONAS – Cuidado com os tropeços.

LÚCIO – O que você disse?

JONAS – (*desconversa*) Vou pedir um gim.

LÚCIO – Achei que fosse tomar um Martini.

JONAS – Adoro, mas quis variar. (*pausa*) Como sabe?

LÚCIO – Intuição. (*olha com cumplicidade para JONAS*) Gostei do "selvagem".

JONAS – Não entendi.

LÚCIO – Lembrei daquela sua descrição na internet. Fiquei louco, sabia?

JONAS – (sem graça)

LÚCIO – Realmente, os seus pelos são muito excitantes. Como foi mesmo que escreveu... "Pelos de gato em teto de zinco quente"...

JONAS – Nossa, eu devia estar muito tonto! (ri, desajeitado)

LÚCIO – Não me pareceu.

JONAS – Tem certeza de que eu te disse isso? Jura?

LÚCIO – E outras "cositas" mais.

JONAS – (mexe no copo, envergonhado)

LÚCIO – Não precisa ficar rubro.

JONAS – Sempre fiquei assim, desde pequeno, puxei a minha mãe. (tenta se levantar)

LÚCIO – (surpreso) Aonde vai?

JONAS – (graceja) Calma, eu não vou fugir. Vou apenas ao banheiro.

LÚCIO – Estamos meio caça e caçador. Não quero perder a minha presa. (segura o braço de JONAS)

JONAS – Também gosto de caçadas. Mas depende da época. (livra-se da mão de LÚCIO)

LÚCIO – Somos homens... Caçadores por instinto.

JONAS – E dever.

LÚCIO – (olha JONAS com fixação) Um prazeroso dever.

JONAS – (encabulado) Quer me despir, aqui?

LÚCIO – Por que essa pergunta?

JONAS – Esse seu jeito de ficar me olhando...

LÚCIO – Envergonhado?

JONAS – (muda o assunto) Olha lá. O careca tá pedindo a conta. Sem o brownie.

LÚCIO – Essa é realmente uma noite imprevisível.

JONAS – Talvez.

LÚCIO – As pessoas estão meio diferentes.

JONAS – (desabafa) Está bem. Você tem razão.

LÚCIO – (...)

JONAS – Acho que pela internet, pelo telefone... Sei lá, era mais fácil para mim.

LÚCIO – (defensivo) Não sou nenhum tarado.

JONAS – (dissimulado) Acredito.

LÚCIO – Quando me interesso por alguém sou bastante fiel.

JONAS – Há quanto tempo terminou?

LÚCIO – O quê?

JONAS – O seu casamento.

LÚCIO – (esquiva-se) Eu saí com pressa e acabei não trazendo a sua encomenda.

JONAS – Esqueceu?!

LÚCIO – Bem, na verdade eu não achei bom mostrá-la aqui.

JONAS – Que pena.

LÚCIO – Importa-se de ir até a minha casa?

JONAS – Na sua casa? Agora?

LÚCIO – E por que não?

JONAS – Bem, não sei... Dou aula amanhã cedo e...

LÚCIO – Essa é uma noite especial, ou não? Hoje é o seu aniversário, porra!

JONAS – E nosso encontro quase casual.

LÚCIO – Isso mesmo. (risos) Tenho uma champanhe que estou louco para abrir.

JONAS – Não Lúcio, não vou fazer degustações agora.

LÚCIO – (*brinca*) E o meu teto de zinco? Vai ficar abandonado?

JONAS – Sem caça, sem caçadores, certo?

LÚCIO – Isso aqui não é um jogo.

JONAS – Tinha que ser?

LÚCIO – Não... Claro que não. (*pausa*) Tinha?

JONAS mexe no isqueiro de LÚCIO, acende e fica olhando a chama.

LÚCIO – Olha... Eu quero muito que você vá... Ou depois nós...

JONAS – Não, não, hoje, realmente, não dá.

LÚCIO – Eu preciso te entregar o que prometi.

JONAS – Nos falamos amanhã. Eu te telefono e...

LÚCIO – (*insiste*) Vamos.

JONAS – (*categórico*) Não. Eu não vou.

LÚCIO – Por favor...

JONAS – Darei um jeito de pegar em outra hora.

PARTE 2

Casa de LÚCIO. Entram meio ansiosos. LÚCIO acende as luzes. JONAS está encabulado, mas disfarça.

LÚCIO – Bem, este é o meu esconderijo. Acredite que as aparências enganam, pois eu não sou tão bagunceiro assim...

JONAS – Tem sempre o dia em que as faxineiras tiram folga.

LÚCIO – Ou pedem demissão. (*recolhe algumas almofadas do chão*) Pode entrar. Fique à vontade. Essa noite a casa é sua.

JONAS – Naquele pub estava muito escuro. Aqui, ao menos, temos mais luz.

LÚCIO – Com algumas trevas. Depende do ponto de vista.

JONAS – (*desconfiado*) É uma bela casa. Você tem muito bom gosto.

LÚCIO – Acho muito grande para mim. É a desvantagem de se morar só.

JONAS – E qual seria a vantagem?

LÚCIO – Morar só numa casa muito grande!

JONAS – Placar empatado.

LÚCIO – Faremos o gol no final.

JONAS – Sou um péssimo jogador.

LÚCIO – (*ouve o latido do cão*) Está ouvindo? É só sentir o meu cheiro que ele começa a latir.

JONAS – Sempre fiel ao dono.

LÚCIO – O homem e seu cão, a relação ideal.

JONAS – (*empolgado com o ambiente*) Realmente é uma morada digna de um antiquário. Desculpe, mas não dá para deixar de perceber. Você tem peças lindíssimas. Adorei esta escultura.

LÚCIO – É uma peça em bronze. Representa Ganimedes, a paixão de Zeus. Já ouviu falar deste mito?

JONAS – Nunca.

LÚCIO – Ganimedes era um príncipe de Troia que cuidava do rebanho do pai quando foi avistado por Zeus. Encantado com a beleza do mortal, Zeus transformou-se em uma águia e o raptou possuindo-o em pleno voo. Foi levado ao Olimpo e passou a servir o néctar, a bebida que oferece a imortalidade, aos outros deuses. Em sua homenagem Zeus o colocou na constelação de Aquário.

JONAS – Nossa... Isso é que é uma paixão avassaladora.

LÚCIO – (*para JONAS, sedutor*) Toda beleza é capaz de enfeitiçar. Temos que tomar cuidado com ela.

JONAS – (*disfarça e olha o quadro na parede*) Esse quadro...

LÚCIO – Gosta?

JONAS – (*fascinado com a tela*) Os traços. Embora não pareçam, são muito bem definidos. Eles partem para algum lugar além da tela... Rápidos e imprecisos... Como uma fuga.

LÚCIO – Fuga?

JONAS – Sim, como um escape.

LÚCIO – Você acha mesmo?

JONAS – Parece uma tela do Pollock.

LÚCIO – Uau... Ela iria gostar dessa sua comparação.

JONAS – Ela?!

LÚCIO – Luna. Ela era realmente imprevisível. Compulsão e entrega total.

JONAS – Pelo pouco que conheço de pintura ela deve ser uma artista visceral.

LÚCIO – (*sentido*) Morreu num acidente.

JONAS – Desculpe, eu...

LÚCIO – (*pega o porta-retrato*) Era uma mulher incrível.

JONAS – Desculpe mesmo... Eu não sabia que...

LÚCIO – Vou pegar as taças. Você escolhe o som?

JONAS – (*tira o casaco*) Difícil escolher, são tantas opções...

LÚCIO – O meu gosto musical é um tanto eclético, gosto de tudo um pouco.

JONAS – Eu sou mais exigente. Às vezes eu perco alto por isso.

LÚCIO – Eu gosto de me surpreender.

JONAS – Tenho as minhas preferências, mas agora quero ouvir algo diferente. Deixe-me ver...

LÚCIO – (*traz a champanhe*) Aqui está, geladíssima.

JONAS – (*coloca um som de Pink Floyd*) Esse é para embalar o brinde.

LÚCIO – Boa escolha. O Pink Floyd é sempre um estouro. Vamos levantar as taças? (*abre a garrafa e serve as taças*) A nós dois!

JONAS – E ao muro!

LÚCIO – Muro?!

JONAS – Sim. Ao muro que estamos transpondo.

LÚCIO – Ah sei... Ao muro... Gostei desse brinde. Ao muro!

JONAS – Só não sei se você irá gostar de conhecer o lado de cá.

LÚCIO – E por que não gostaria?

JONAS – Deve ser bem diferente do seu.

LÚCIO – Nem tanto assim... Mas me conte mais sobre você.

JONAS – "Seu olhar, de tanto percorrer as grades/está fatigado, já nada retém/ É como se existisse uma infinidade/de grades e mundo nenhum mais além." Rilke. *A Pantera.*

LÚCIO – Novamente literato.

JONAS – Tenho uma certa identificação com esta estrofe. Só isso.

LÚCIO – Com a pantera?

JONAS – Atrás das grades.

LÚCIO – Mas isto é forte para um cara tão jovem.

JONAS – Agora tenho quarenta anos... Você não acha uma idade ideal para atitudes conflituosas?

LÚCIO – Para mim os cinquenta é que foi uma idade marcante, meio reflexiva, entende? A idade do meio século... (*risos*) mas por que me perguntou isso?

JONAS – Por nada, esquece. (*toma outro gole da champanhe*)

LÚCIO – Bem, se levarmos em conta que Hamlet divagou com o "ser ou não ser" aos trinta... O senhor até que está um pouco atrasado para dilemas.

JONAS – Mas não estamos em nenhuma tragédia, concorda?

LÚCIO – Eu espero que não.

JONAS – Melhor assim.

LÚCIO – (*segura a mão de JONAS*) Obrigado.

JONAS – Por quê?

LÚCIO – Por ter vindo.

JONAS – Bobo.

LÚCIO – Desesperado. Estou desejando o impossível.

JONAS – Impossível?

LÚCIO – Também guardo as minhas inseguranças.

JONAS – (*quase sedutor*) Nada é impossível.

LÚCIO – O que eu posso fazer para ganhar esse anel?

JONAS – Para a sua coleção?

LÚCIO – Talvez.

JONAS – Quem sabe faremos um acordo?

LÚCIO – Gosto de acordos. De pactos.

JONAS – Onde está?

LÚCIO – O quê?

JONAS – A encomenda.

LÚCIO – Você não esqueceu, hein?

JONAS – Vim aqui por isso.

LÚCIO – Achei que houvesse outro motivo para você estar aqui.

JONAS – Você não vai me dizer que eu caí num golpe, vai?

LÚCIO – Tenho outro tipo de estratégia.

JONAS – Onde está?

LÚCIO – Ali... Em cima da mesa.

JONAS vai até a mesa e segura uma caixa.

LÚCIO – Espero que goste.

JONAS – (*abre a caixa e tira um revólver*) Poxa, Lúcio, é lindo.

LÚCIO – (*orgulhoso*)1940.

JONAS – Uau!

LÚCIO – Uma raridade.

JONAS – (*curioso*) Funciona?

LÚCIO – Mas é claro! Esse é o lugar das balas, diferente, não? Vou testar para você ver. (*pega algumas balas na gaveta e carrega o revólver*)

JONAS – Incrível.

LÚCIO – Está vendo só, o encaixe é super fácil. (*brinca*) Só não tente atirar agora, hein!

JONAS – É exatamente como pensei.

LÚCIO – Difícil imaginar que você goste de armas.

JONAS – O meu pai... (*fica hipnotizado com a arma*)

LÚCIO – Na verdade eu não simpatizo muito com estas coisas. Essa aqui eu encontrei com um cliente antigo. Achei bonita e resolvi fazer negócio.

JONAS – Sim, ela é perfeita! (*procura a carteira*) Quanto te devo?

LÚCIO – Nada, por enquanto. (*ri*) É o meu presente de aniversário.

JONAS – Imagina, não é justo, e além do mais...

LÚCIO – Ainda temos *champanhe*! (*enche as taças*)

JONAS – (*cauteloso*) Eu não devia estar bebendo tanto...

LÚCIO – Ah, não se censure, rapaz. Permita-se novas sensações...

JONAS – (*bebe apressado*) Você me acha um fraco, não?

LÚCIO – Digamos que seja um lírio.

JONAS – (*surpreso*) Um lírio, eu?!

LÚCIO – É, um lírio branco demais para ser culpado de qualquer coisa.

JONAS – Não entendi.

LÚCIO – Você precisa se entregar, Jonas. Se deixar contaminar.

JONAS – Por que você diz isto?

LÚCIO – Eu também já tive a minha fase de misantropo.

JONAS – Mas eu não estou me isolando de nada.

LÚCIO – (*desafiador*) Será mesmo que não? Eu posso te salvar, Jonas. Mostrar o caminho da lama, dos esgotos. Transformar você em algo impuro e livre! Realizar tudo o que deseja, o que precisa fazer...

JONAS – (*assustado*) Eu não quero.

LÚCIO – Você tem que querer, não há outra escolha. Não percebe?

JONAS – Você parece adivinhar a minha vontade.

LÚCIO – Temos que chegar até o fim.

JONAS – (*confuso*) É estranho...

LÚCIO – Eu só quero te dar um pouco de oxigênio.

JONAS – Assim, me sufocando?

LÚCIO – Dando novas arestas, cara!

JONAS – Você é muito estranho...

LÚCIO – Eu sei.

JONAS – (*titubeia*) Quem é você, hein?

LÚCIO – Quem eu sou?

JONAS – Sim, quem é você?

LÚCIO – Um sobrevivente. Não mais que isso. (*acende um cigarro*)

PARTE 3

Sala. Os dois personagens estão meio embriagados. LÚCIO ensaia uns passos de dança ouvindo Mufa Sesenta y Dos, de Astor Piazzolla. Segura uma garrafa de champanhe. JONAS também bebe sentado nas almofadas.

LÚCIO – Sabia que o meu maior sonho é dançar um tango numa praça em Buenos Aires?

JONAS – Primeiro você terá de acertar os passos, assim parece mais uma salsa!

LÚCIO – (*convencido*) É só uma questão de treino. Aguarde! (*abraçam-se, tontos*)

JONAS – (olha a taça) Gosto das bolhinhas...

LÚCIO – Prefiro a forma da garrafa.

JONAS – São inofensivas e se acabam tão rápido...

LÚCIO – Quase imponente, orgulhosa...

JONAS – Glub, glub, glub...

LÚCIO – Um tesãozinho... Ai, ai, ai...

JONAS – Parece que tentam sobreviver, subindo assim para cima da taça e... (*pausa*) Tentam, mas se evaporam...

LÚCIO – É jeitosa. Olha, olha só estas curvas, o rótulo...

Parece dizer: guardo algo importante... Sou melhor que vocês dois! Do que nós... Nós dois juntos! (*ri*) Engraçado, não?

JONAS – São várias bolhinhas, assim, efervescentes, mas... (*contido*) Quer saber de uma coisa? Não são suficientes para se tornarem eternas, se acabam. Veja só! Triste...

LÚCIO – Triste?!

JONAS – Fica só a transparência... Somente isso.

LÚCIO – A garrafa é triste. Triste, mas poderosa. (*acende algumas velas*)

JONAS – Não gosto destas bolhinhas. Não gosto.

LÚCIO – Garrafinha: *Je táime*!

JONAS – Eu até gosto delas, mas é que elas se acabam muito rápido...

LÚCIO – Preciso aprender francês pra traduzir melhor este rótulo.

JONAS – Ah, deixa pra lá...

LÚCIO – Sério... Eu preciso mesmo.

JONAS – Tá vendo só, sumiram, foram embora. Todas... Cadê? Cadê elas? Fugiram...

LÚCIO – Tive uma ideia! Quer saber?

JONAS – Ideia? Que ideia? Pra quê ter ideias?

LÚCIO – Um outro presente pra você.

JONAS – (*reticente*) Ah, chega de surpresas por essa noite...

LÚCIO – Fica aí, paradinho. Não some, hein?

JONAS – Ah, deixa disso... Eu acho que...

LÚCIO – Psiu... Fica quieto... Quietinho. (*apaga a luz*) Vamos tatear um pouco.

JONAS – (*assustado*) Que brincadeira é essa, Lúcio?

LÚCIO – Tem medo do escuro?

JONAS – Eu não tenho medo de nada.

LÚCIO – De nada? Interessante isto, hein?

JONAS – Acho sem sentido esse escuro.

LÚCIO – Sentido? Pra que ter sentido? Nada aqui faz sentido.

JONAS – Acenda a luz, por favor.

LÚCIO – (*sinistro*) Dou este escuro de presente pra você. No escuro enxergamos outras coisas, Jonas. Como nas entranhas de uma baleia.

JONAS – (*inseguro*) Vamos parar com isto...

LÚCIO – (*cínico*) Parar? Parar com o quê?

JONAS – (*autoritário*) Acenda esta luz, agora.

LÚCIO – Não, vamos ficar assim.

JONAS – Não tem graça, Lúcio...

LÚCIO – Gosto desse escuro. Já me acostumei com ele. (*pausa*) Vamos brincar? Eu sou uma águia e você é o pastor Ganimedes. Vamos brincar assim?

JONAS – Não. Chega de histórias.

LÚCIO – Eu tento te prender com as minhas garras, mas você foge.

JONAS – Acenda essa luz.

LÚCIO – Eu consigo enxergar. Você não?

JONAS – (*tonto*) Cê tá bêbado.

LÚCIO – Você desobedeceu às ordens divinas.

JONAS – (*perdido*) Do que você tá falando?

LÚCIO – (*profético*) Como castigo veio esta grande tempestade... Três dias e três noites até chegar ao arrependimento. Muito tempo, não?

JONAS – (*procura uma saída*) Não quero mais ficar aqui ouvindo essas bobagens.

LÚCIO – Bobagens?!

JONAS – Eu vou embora.

LÚCIO – Você não sabe o que quer. (pausa) Você pensa que sabe.

JONAS – Eu não devia ter vindo aqui... Não devia...

LÚCIO – Deixa disso.

JONAS – Eu quero sair daqui.

LÚCIO – (*irritado*) Eu vou te dizer uma coisa, Jonas: Você não sabe o que procura. (*pausa*) E isso é muito... Como posso dizer... É muito chato, porra!

JONAS – Problema meu.

LÚCIO – Você entende que é chato isso?

JONAS – Quem você pensa que é? O que você sabe de mim, hein? Você não me conhece, cara!

LÚCIO – Será que não?

JONAS – Filho da puta!

LÚCIO – Sinto muito, mas ainda não é hora de você sair.

JONAS – Eu decido.

LÚCIO – Olha só como a chuva aumentou...

JONAS – Dane-se a chuva.

LÚCIO – (*irônico*) Você poderá ficar resfriado.

JONAS – Não me importo.

LÚCIO – Eu me preocupo com você, Jonas. Está vendo só? Eu me preocupo com você... Acredite nisso.

JONAS – (*irritado*) Você sempre sabe de tudo, não é?

LÚCIO – (*irônico*) Quase sempre.

JONAS – Escuta aqui... Eu não ia te dizer isto nunca, mas você, Lúcio, apesar de seus rótulos e embalagens não é capaz de se aprofundar em nada... Patético, não?

LÚCIO – Ah, você acha mesmo? Tem certeza? (*sarcástico*) Só que você não pode achar coisa alguma. Não tem “prática”, garoto.

JONAS – E o que você chama de prática?

LÚCIO – Fugir das palavras já seria um bom começo.

JONAS – Bom começo para quem?

LÚCIO – Para nós... Para o que iremos viver.

JONAS – Quanta balela... Eu sinto pena de você, cara.

LÚCIO – Vem cá, deixa eu te enxergar nesse escuro, deixa.

LÚCIO toca o rosto de JONAS, que desvia.

LÚCIO – Tá com medo?

JONAS – Deixa de palhaçada.

LÚCIO – Vem cá, olha para mim como um homem, quem é mais digno de pena? Hein, fala!

JONAS – Caralho! Eu não te conheço. Eu não te conheço, ouviu bem?

LÚCIO – Vai escapar?

JONAS – (*frágil*) Você me incomoda.

LÚCIO – E isso é bom ou ruim?

JONAS – Você tá louco.

LÚCIO – Talvez.

JONAS – (*vai até LÚCIO*) Isto é que é ser perfeito? Só olhar o conjunto empoeirado, todas essas peças trancadas na estante, cheirando a mofo?

LÚCIO – Custam caro.

JONAS – Bacana, mas tudo isso me dá nojo.

LÚCIO – Foda-se! (*dá um empurrão em JONAS, que cai no chão*)

JONAS – (*debochado, tentando se levantar*) Está bem, "senhor atitude", quem sabe um dia eu precise das suas "ofertas"? Quem sabe...

LÚCIO – (*irônico*) Quando quiser, estarei sempre ao seu dispor... "Pequeno Príncipe".

JONAS – Vá à merda!

LÚCIO – Já estamos nela, você não vê? Aproveita, cara!

JONAS – Ponto prum executivo de sucesso que tem como hobby salutar adquirir antiguidades.

LÚCIO – Obrigado, obrigado... Muito perspicaz da sua parte.

JONAS – O profissional perfeito.

LÚCIO – (*debochado*) Jura? Vindo de você deve ser mesmo um elogio. Obrigado.

JONAS – Você mesmo me disse que achava a sua vida meio entediante, lembra? Você me disse isso. Mas agora eu vejo que é você o próprio tédio...

LÚCIO – Hummm... Mas quanta agressividade, rapaz...

JONAS – Você é um nada... Um bosta.

LÚCIO – Quantos aninhos você está fazendo mesmo? Temos que providenciar os balões, os brigadeiros.

LÚCIO canta "Happy Birthday" em tom de deboche.

JONAS – Você me dá nojo.

LÚCIO – Temos de ir até a lama, Jonas.

JONAS – Você me irrita.

LÚCIO – Vem, sinta o prazer dessa armadilha.

JONAS – Foda-se sozinho. (*consegue acender a luz*)

LÚCIO – (*inquieto*) Eu não consigo... (*ajoelha-se e abraça a garrafa*) Quanta luz...

JONAS – (*tonto*) Droga, acho que bebi demais.

LÚCIO – Bobagem... A bebida ajuda a liberar os demônios.

JONAS – Que tipo de demônios?

LÚCIO – Os nossos demônios.

JONAS – (*lento*) Acho que eu preciso ir. É melhor.

JONAS procura a caixa.

LÚCIO – Por que isso agora?

JONAS – Depois a gente termina a conversa, tá legal?

LÚCIO – Ainda nem começamos.

JONAS – A gente se fala. Preciso mesmo ir.

JONAS pega a caixa e o casaco e tenta sair.

LÚCIO – (*decidido*) Você não vai.

JONAS – Sinto muito.

LÚCIO – Ah, fica mais um pouco.

JONAS – Acabou, Lúcio.

LÚCIO – Você não pode ir agora.

JONAS – Pra mim isso tudo aqui já deu.

LÚCIO – Espera!

LÚCIO corre até JONAS, cai e quebra a garrafa. Machuca a mão.

LÚCIO – (*grita*) Ai.

JONAS – Machucou?!

LÚCIO – Não, acho que não.

JONAS – Vamos dar um jeito nisso.

LÚCIO – Eu estraguei tudo, não foi?

JONAS – Tá sangrando.

LÚCIO – Estraguei tudo...

JONAS – Fica quieto.

LÚCIO – E esse sangue aqui? Que merda.

JONAS – Vou pegar um lenço.

LÚCIO – Falei besteira.

JONAS – Deixa eu limpar isso.

LÚCIO – Eu sou um estúpido.

JONAS – Calma, calma. Fica quieto, já disse.

LÚCIO – Não queria que você fosse assim.

JONAS ajeita a mão de LÚCIO com o lenço.

JONAS – Pronto, melhorou.

LÚCIO – Ela não morreu.

JONAS – Quem?!

LÚCIO – A criadora dessa obra.

JONAS – Você mentiu, então?

LÚCIO – Acho que ela não aguentou tanta paixão. Fugiu do nosso combinado. Ou eu é que fui um estúpido. Sei lá...

JONAS – Sente falta dela?

LÚCIO – Quando ela me deixou eu... Droga, eu nem sei por que estou falando isso agora.

JONAS – Por que deixou ela ir?

LÚCIO – O hipocampo deve ter se alterado. Sabe aquele sistema de dados onde humores, pensamentos e memórias de curto e longo prazo são armazenados em nosso cérebro? Pois é, o dela falhou e ela tentou se livrar de mim. Simples assim. Apesar da gaiola sempre estar aberta para nós dois.

JONAS – O excesso de liberdade também faz mal, sabia?

LÚCIO – Não, eu nunca soube.

JONAS – (*pausa*) Bem, eu... Não sei o que dizer...

LÚCIO – Ah, esquece, esquece isso... Eu não disse nada.

JONAS – Eu não estou melhor que você. Estamos quites, cara! Isso conforta você?

LÚCIO – (*segura o braço de JONAS*) Fica?

JONAS – Deixa eu ver a sua mão. (*abraça LÚCIO*)

PARTE 4

Quarto de LÚCIO. JONAS está sentado na cama. LÚCIO entra de roupão. Cheira cocaína.

LÚCIO – Incrível, nada como confirmar as expectativas.

JONAS – Do que você está falando?

LÚCIO – Essa noite, assim, tão especial... (*oferece o "pó" a JONAS, que recusa*) Parece ser a última do ano.

JONAS – Talvez seja. Quem sabe?

LÚCIO – Com você eu consegui me acalmar. Foi mágico, diferente.

JONAS – Isso é um elogio? Ficarei em sua coleção?

LÚCIO – Não, colocarei você entre as peças de uso constante.

JONAS – (*irônico*) Será mesmo? Obrigado, mas não vamos ter muito tempo para isto.

LÚCIO – Que cara é esta? Com sono?

JONAS – Está tarde. (*veste a calça*)

LÚCIO – (*surpreso*) O que está fazendo?

JONAS – (*procura algo*)

LÚCIO – Cara, eu estou falando com você.

JONAS – Você viu a minha camisa?

LÚCIO – Onde pensa que vai?

JONAS – Eu havia deixado por aqui...

LÚCIO – Ei... Nós temos um acordo, lembra? Você me deve algo.

JONAS – Sério? Adiarei essa dívida, então. Hoje ainda preciso fazer algo.

LÚCIO – (*decepcionado*) Pensei que fosse dormir aqui.

JONAS – Não, não vou.

LÚCIO – Por quê?

JONAS – Está tarde. Não devia ter ficado tanto tempo.

LÚCIO – Arrependido?

JONAS – (*confuso*) Não, não é isso.

LÚCIO – O que há com você?

JONAS – Preciso achar a porra da camisa.

LÚCIO – Aconteceu alguma coisa?

JONAS – Nada que não fosse previsto. Nos encontramos e...

LÚCIO – E?!

JONAS – Aconteceu... Pronto, aconteceu. Não tinha de ser assim?

LÚCIO – (*chateado*) Não nesse tom.

JONAS – Vamos conversar um outro dia, você tem o meu telefone. Combinado? (*continua a procurar a camisa*)

LÚCIO – Tudo bem, tudo bem, já estou me acostumando a ser um *Lobo da estepe.*

JONAS – Sem chantagens.

LÚCIO – Vamos falar sério, então.

JONAS – Eu não estou brincando.

LÚCIO – Esta madrugada é nossa, por que não aproveitamos mais?

JONAS – (*frio*) Essa madrugada pra mim já terminou.

LÚCIO – Assim, de repente?

JONAS – Lúcio, desculpa, mas eu acho que...

LÚCIO – Está chateado?

JONAS – Não, não... Eu estou muito bem.

LÚCIO – Quando continuaremos o capítulo dessa novela?

JONAS – Não sei.

LÚCIO – Mas somos os dois únicos personagens.

JONAS – Acho que o meu destino já está gravado.

LÚCIO – Eu posso ser o autor, mudar o enredo, alterar cenários, adiantar o final...

JONAS – Isso não é possível.

LÚCIO – Seja mais ambicioso, rapaz! Ao menos essa noite.

JONAS – Eu serei. Prometo.

LÚCIO – Ótimo, então!

JONAS – Mas outro dia, por hoje acabou.

LÚCIO – (*aborrecido*) Droga! (*pausa, mais calmo*) Está bem, está tudo bem, pode ir.

JONAS – É tão difícil pra você aceitar o que não te convém?

LÚCIO – Quem está complicando tudo aqui é você.

JONAS – Preciso ficar sozinho. Você não entende isso?

LÚCIO – (*chateado*) Não, caralho! Não entendo. (*sai do quarto*)

JONAS – (*fala sozinho*) Eu também não, Lúcio... (*encontra a camisa e veste*)

LÚCIO – (*volta com o revólver*) Acho que você só queria mesmo a sua encomenda, não?

JONAS – Você sempre adivinha tudo, não é? Escolha a resposta que te convém.

LÚCIO – Toma, é seu. Pode levar.

JONAS segura o revólver com cuidado, olhando-o atentamente.

LÚCIO – Achei que... Porra, como eu sou idiota! (*pausa*) Achei que precisávamos um do outro, cara.

JONAS – Desculpa... (*pausa*) Sei que parece confuso, mas primeiro eu preciso me libertar.

LÚCIO – Sozinho?

JONAS – Comigo mesmo.

LÚCIO – É bem esquisito isso.

JONAS – Estou cansado, Lúcio, estou muito cansado.

LÚCIO – Tudo bem, eu já entendi... Foi uma noite perfeita, meio óbvia, mas perfeita.

JONAS – Você teria outra versão?

LÚCIO – Somos homens, não é? Movidos pelo instinto.

JONAS – Caça e caçador. Não foi isso que você disse?

LÚCIO – É verdade, eu não tenho outra versão. As coisas são assim mesmo. Não dá para mudar.

JONAS – Eu gostaria de me transformar.

LÚCIO – Uma metamorfose?

JONAS – Sei lá. Pode até ser. Quem sabe?

LÚCIO – Um personagem kafkiano?

JONAS – Talvez. Talvez eu seja um homem meio barata...

LÚCIO – Ah, essa é boa!

JONAS – É, um Kafka sem processo. Entende?

LÚCIO – (*irônico*) As pessoas precisam de frases.

JONAS – E de amuletos. As pessoas precisam de amuletos.

LÚCIO – Elas serão as únicas sobreviventes da guerra nuclear.

JONAS – As pessoas?

LÚCIO – As baratas.

JONAS – (*após uma pausa toca o anel*) Você ainda quer?

LÚCIO – (*surpreso*) Por que esta oferta repentina?

JONAS – Você disse que gostava de pactos. Eu te ofereço esse anel e você me dá a eternidade.

LÚCIO – Do que você está falando?

JONAS – Só você poderá me ajudar. (*segura o revólver*)

LÚCIO – Ajudar?!

JONAS – Atira.

LÚCIO – (*surpreso*) Atirar?!

JONAS – (*nervoso*) Vamos, toma. Segura essa porra.

LÚCIO – Por que isso agora?!

JONAS – Eu dou a você a chance de destruir um fracassado.

JONAS entrega o revólver a LÚCIO.

LÚCIO – (*atônito*) Você quer que eu atire?

JONAS – Sim, agora.

LÚCIO – Atirar?

JONAS – (*grita*) Anda logo com isso.

LÚCIO – Calma, você está nervoso e...

JONAS – Quero ouvir um estampido. Um barulho forte, infinito.

LÚCIO – Que conversa é essa? Deixa disso...

JONAS – Nada mais faz sentido pra mim.

LÚCIO – Senta aqui.

JONAS – Eu preciso que você atire, Lúcio.

LÚCIO – Não.

JONAS – Você é capaz, um vitorioso.

LÚCIO – (*inseguro*) Você não está bem...

JONAS – Vamos, será um favor pra mim. Não me decepcione. Atira agora, vai!

LÚCIO – (*olha o revólver*) Eu não posso fazer isso...

JONAS – Você não pode me negar, cara. Não me decepcione. (*pausa*) Ou você quer me ver transformado em uma barata?

LÚCIO – Escuta aqui: você precisa se acalmar.

JONAS – (*grita*) Covarde!

LÚCIO – Eu não sou um covarde.

JONAS – Você também é um covarde, um fodido como eu.

LÚCIO – Você enlouqueceu... Para com isso.

JONAS – Você achou que eu teria outro motivo para vir aqui?

LÚCIO – (*tonto*) Como assim?!

JONAS – (*sádico*) Esse tiro... Era só nisto que eu pensava desde que entrei naquele pub... Desde que começamos a teclar... Falar por telefone... Marcar esse encontro...

LÚCIO – Não entendo.

JONAS – Era só nisso que eu pensava, cara.

LÚCIO – (*desesperado*) Eu não posso acreditar que...

JONAS – Achei que você seria a pessoa ideal para concretizar o meu desejo: um homem de atitudes.

LÚCIO – Desejo?

JONAS – Vamos, estou esperando...

LÚCIO – Cara, deixa disso.

JONAS – Vai me decepcionar, seu covarde?

LÚCIO – (*nervoso*) Eu não posso... Eu não posso fazer isso, não dá.

JONAS – Não pode? (*cai no chão e começa a rir*)

LÚCIO – Do que você está rindo?

JONAS – Foi perfeito.

LÚCIO – Não entendo... Do que você tá falando?

JONAS – (*debochado*) Foi só uma brincadeirinha, seu babaca.

LÚCIO – Brincadeirinha? Você me fez de trouxa.

JONAS – (*ri*) E você acreditou.

LÚCIO – (*patético*) Você me fez de palhaço.

JONAS – Eu só quis relaxar um pouco o nosso papo.

LÚCIO – (*chateado*) E parece que conseguiu.

JONAS – Confesso que achei ótimo.

LÚCIO – Puta merda!

JONAS – Ao menos foi mais divertido que aquela escuridão...

LÚCIO – Ah, então você quis uma revanche, hein?

JONAS – Eu não sou tão vingativo assim.

LÚCIO – Sim, é verdade, você quis uma revanche. (*em tom melodramático*) Agora, eu exijo uma reparação por danos morais.

JONAS – Ah, você vai me processar.

LÚCIO – Não, não, não, eu quero algo mais imediato.

JONAS – E o que o senhor sugere, então?

LÚCIO – Bem... Faremos um duelo.

JONAS – Mas para isso há um pequeno empecilho: só temos uma arma, cavalheiro.

LÚCIO – Calma, isto não é problema... (*procura algo ao redor*) Aqui estão as espadas! (*pega duas luminárias que estão em cima da mesa*) Ficaremos de costas um para o outro, contamos três passos e viramos para a luta, combinado?

JONAS – Como nos filmes de faroeste?

LÚCIO – Como nos velhos filmes de faroeste.

JONAS – Na minha faculdade não havia aulas de esgrima.

LÚCIO – Eu também nunca pratiquei equitação. (*ri*)

JONAS – Seremos autodidatas.

LÚCIO – Isso mesmo, nem precisaremos de ensaios. (*pausa*) Preparado?

JONAS – A postos, então! (*contam os passos e lutam como duas crianças até caírem dando gargalhadas*) Ah, chega! Desisto. Somos dois patetas!

LÚCIO – Que valem por três.

JONAS – Empatamos.

PARTE 5

Sala. JONAS se despede de LÚCIO, próximo à porta.

LÚCIO – O seu casaco.

JONAS – Ah, obrigado.

LÚCIO – Tonto, olha só... Abotoou errado a sua camisa. (*ajeita o botão*)

JONAS – É verdade... Parece que a tempestade foi embora.

LÚCIO – É, o dia amanheceu. Teremos sol.

JONAS – Foi uma noite turbulenta.

LÚCIO – (*trágico*) Malditas aeromoças, não nos pediram para apertar o cinto de segurança!

JONAS – (*ri*) Eu nem sabia que iríamos levantar voo.

LÚCIO – A vida é assim mesmo, cheia de surpresas, com ataques e bombardeios.

JONAS – Eu sei. E o alvo independe das grandes potências. Ele está aqui! (*aponta a cabeça*) Você percebe?

LÚCIO – Neste terreno não há trincheiras.

JONAS – É esse o nosso erro.

LÚCIO – Não montarmos trincheiras?

JONAS – Sermos racionais.

LÚCIO – E ambiciosos, também, sabia? Não nos contentamos com pouco. (*irônico*) Isso é péssimo.

JONAS – E nem assistimos TV. Poderíamos ser mais alienados, não acha?

LÚCIO – Precisamos comprar um controle remoto.

JONAS – Não dá mais tempo. Estamos atrasados.

LÚCIO – É, você tem razão.

JONAS – Sabe, Lúcio, eu acho que...

LÚCIO – Não se preocupe, a ressaca virá de qualquer jeito.

JONAS – (*ri*) Não, não é isso... É que no fundo eu... Eu precisava mesmo ter vindo aqui.

LÚCIO – Eu também precisava ter te encontrado.

JONAS – É gozado.

LÚCIO – E o que mais?

JONAS – É muito, muito gozado.

LÚCIO – Agora, realmente sabemos a diferença que um dia faz.

JONAS – Nos conhecemos mais um pouco.

LÚCIO – É, temos mais algumas pedrinhas do mosaico.

JONAS – Pedrinhas de um mosaico... Isso dá letra de música, sabia? E pra ganhar festival.

LÚCIO – Em primeiro lugar. (*risos*)

LÚCIO E JONAS – (*falam juntos*) Sabe que...

LÚCIO – Fala.

JONAS – Não, fala você.

LÚCIO – Pode falar.

JONAS – Eu faço questão.

LÚCIO – Por favor, fala.

JONAS – Bem... É que...

LÚCIO – Diz.

JONAS – Sabe, eu... (*toca o anel*)

LÚCIO – Fala.

JONAS – Fica com ele.

LÚCIO – Jonas, eu...

JONAS – Toma. (*entrega o anel a LÚCIO*)

LÚCIO – Eu não posso.

JONAS – É um presente.

LÚCIO – Jonas, eu não posso. Você sabe que...

JONAS – (*decidido*) É o meu presente.

LÚCIO – Tem certeza?

JONAS – Fica com ele.

LÚCIO – Não faz sentido.

JONAS – (*firme*) Eu estou te pedindo.

LÚCIO – (*aceita a oferta*) Bem, eu não sei nem o que dizer...

JONAS – A gente se vê, cara! (*toca no ombro de LÚCIO*)

LÚCIO – Sabe... (*pausa*) Eu conheço um pequeno restaurante, bem charmoso, que fica
próximo ao seu bairro e...

JONAS – Isso é um convite?

LÚCIO – Uma intimação. (*pausa*) Domingo?

JONAS – (*faz um gesto de que vai declinar do convite*) E por que não?

LÚCIO – (*segreda*) Olha... eu não ia te dizer, mas, depois da ressaca, eu também adoro um brownie com chantilly!

JONAS sai meio desengonçado. LÚCIO ri, fecha a porta, vai até o aparelho de som e escolhe uma música de Louis Armstrong. Acende um cigarro, senta-se no sofá pensativo e observa o anel, que coloca no dedo. Percebe o revólver na mesinha, esboça surpresa por Jonas tê–lo esquecido, e vai até ele. Hesita. Pega e guarda na estante. Serve uma dose de uísque. Após um tempo pega o revólver, brinca um pouco, e o leva até a cabeça.

VOZ DE JONAS EM *OFF* – "Seu olhar, de tanto percorrer as grades/está fatigado, já nada retém/É como se existisse uma infinidade/ de grades e mundo nenhum mais além."

O cão late.
Cai a luz.

PARA DUAS

“Nem todas as verdades são para todos os ouvidos.”

Umberto Eco.

A primeira montagem estreou em 7 de julho de 2012, na cidade de Ipatinga – MG.

FICHA TÉCNICA:

Texto: Ed Anderson. Direção: Marcos Loureiro. Elenco: Luzia di Resende (Tula) e Helena Santos (Anete). Iluminação: Leandro Calixto (Seminaluz). Trilha Sonora e Design Gráfico: Pedro Bastos. Cenário e figurinos: Jamil Boali. Confecção de cenário: Rubens Sarmento e Márcio Martins. Produção: Grupo Perna de Palco.

Contou com o patrocínio da Usiminas.

A segunda montagem estreou virtualmente em 29 de agosto de 2020 e presencialmente em 8 de janeiro de 2021 no Teatro Sérgio Cardoso (Sala Pascoal Carlos Magno) em São Paulo.

Contou com o apoio do Edital ProAc 2020. Governo do Estado de São Paulo, por meio da Secretaria de Cultura e Economia Criativa.

FICHA TÉCNICA:

Texto: Ed Anderson. Direção: Elias Andreato. Assistente de Direção: Rodrigo Chueri. Elenco: Chris Couto (Tula), Claudio Curi (Pai) e Karin Rodrigues (Anete). Cenário e Figurino: Fábio Namatame. Assistente de figurino: Juliano Lopes. Trilha Sonora: Jonatan Harold. Iluminação: Cleber Eli. Comunicação Visual: Alexandre Brandão. Assessoria de Imprensa: Adriana Balsanelli e Renato Fernandes. Produção: Nosso Cultural. Direção de Produção: Ricardo Grasson. Produtor Executivo: Heitor Garcia. Gestão de Projetos: Lumus Entretenimento. Fotos: Kim Lee Kyung.

Helena Santos e Luzia di Resende. Foto: Pedro Bastos.

Chris Couto, Claudio Curi e Karin Rodrigues.
Foto: Rodrigo Chueri.

PERSONAGENS:
TULA – Mulher, em torno dos 50 anos.
ANETE – Mulher, em torno dos 75 anos.
PAI/ MÉDICO – Homem, em torno dos 80 anos.

CENÁRIO:

Apartamento simples. Sala com mesa, cadeiras, poltrona, televisão, vitrola e sofá. Num canto uma pequena árvore de Natal. Em uma das paredes, um painel com fotos diversas. Pequena varanda com gaiolas vazias penduradas ao teto.

TEMPO:

Fim de tarde até a noite alta.

PARTE 1
SOBRE ENCICLOPÉDIAS, GAIOLAS E UNS QUILINHOS A MAIS

Sons de passarinhos. O PAI levanta-se da poltrona no canto da sala, prosaico, desliga a televisão e tenta acender um charuto, mas não encontra o isqueiro. Procura pelo jornal e senta-se para lê-lo.

TULA termina de arrumar a mesa, um tanto atrapalhada. Ouve-se a sirene. Ela acelera as suas ações. Tira o avental. Ajeita-se. Vai até a porta.

TULA – Olá... Pois não?

ANETE – Oh, boa tarde, madame... (*efusiva*) Peço só um minuto, uns segundinhos da sua atenção. Pode ser?

TULA – Bem, na verdade eu...

ANETE – Temos aqui um excelente produto em lançamento que certamente vai colaborar com o seu...

TULA – Perdão, senhora, mas no momento não disponho de interesse. Desculpe, sim?

ANETE – Ah, mas que pena... É que eu vim de longe para demonstrar essa grande oportunidade a todo o condomínio, sabe? Uma chance única que certamente iria te...

TULA – É que pra mim esta hora é imprópria, estou bem ocupada... Tenho uma visita que está pra chegar e...

ANETE – (*empolgada*) Tudo bem... Tudo bem... Sem problema algum, minha querida. Mas, antes, eu só preciso te dizer que a Enciclopédia Delta-Larousse é uma modalidade tradicional em aplicação de conhecimentos, originalmente composta por quinze volumes. Repleta de artigos e referências com vocabulário simples, mas informativo e eficiente. Ela tem sido amplamente utilizada nas bibliotecas escolares de todo o Brasil e...

TULA – Realmente, como já disse, eu não estou interessada no momento. Boa sorte.

ANETE – Mas veja só que belezura... Tenho certeza absoluta que você não se ateve nos detalhes do que eu vou te mostrar...

TULA – Escute bem, eu...

ANETE – ... ela já vem apresentada no formato "Capa Dura", com páginas em papel especial e lindas fotos coloridas que levam a uma leitura agradável e chamativa, suprindo bem a sua função de enciclopédia de referência geral em diversos assuntos, além de...

TULA – Esse não é o momento mais oportuno. Sinto muito... Numa outra ocasião, quem sabe eu...

ANETE – É claro... É claro... Eu lamento... mas a senhorita diz isso porque você ainda não viu a enciclopédia Multimídia Barsa Clássica, superequipada com dezoito volumes mais um DVD-ROM e o poderoso site Barsa Saber.

TULA – Parece mesmo ser um bom produto, mas eu NÃO estou interessada.

ANETE – Acredite, toda resposta eficiente pra perguntas evasivas está aqui nessa Barsa. Bem na sua frente. Ela é a fonte de pesquisa em que qualquer um pode confiar. O que você gostaria de saber, hein? Vamos, diga-me. Por exemplo: você sabe o que é "metafísica"?

TULA – Metafísica? (*pausa*) Bem... É difícil responder a algo, assim, desse jeito...

ANETE – Está vendo só? "Era" difícil, meu bem, "era", pois agora eu tenho a resposta certa bem aqui em minhas mãos. Ouça só isso... (*lê um trecho do livro*) "Segundo Aristóteles, metafísica é uma parte da filosofia que investiga a natureza primordial do ser. De um modo superficial podemos dizer que a metafísica é o estudo dos modos fundamentais da existência." Não é interessante? E a novidade não para por aí... Não, não, não... Essa publicação vem com três formatos integrados que tornam a pesquisa mais rápida e completa e além do mais...

TULA – Será que terei de repetir que estou MUITO ocupada e sem tempo disponível? Eu não
gostaria de ser indelicada com a senhora. Passar bem, sim? (*finge sair*)

ANETE – (*desarma-se*) Mas que droga! Então, eu terei de achar rapidamente outra forma original de me apresentar pra você, Antônia. Pois essa viagem foi longa demais pra mim. Gastei toda a minha lábia nessa conversa. Estou exausta. Eu desisto. DE-SIS-TO!

TULA – Ah, tenha calma... Espere um pouco. Veja só... Pensando bem, acho que estou mesmo necessitando de uma publicação assim, "moderna e eficiente", para o meu conhecimento feminino. Como é que a senhora adivinhou?

ANETE – Poxa, nada como uma vendedora insistente em nossa porta, não é mesmo? (*ri*)

TULA – Pois é... E quase estourou a minha paciência como caroços de milho no micro-ondas.

ANETE – Ah, desculpe a brincadeira, mas é que na verdade eu não sabia como me apresentar nessa situação tão inusitada... Então resolvi vender um produto sedutor dos meus tempos de mocinha.

TULA – Digamos que foi uma atitude, assim, realmente bem peculiar.

ANETE – Estou muito atrasada?

TULA – Não... Imagina... Eu acabei de sair do banho.

ANETE – Ah, então eu cheguei cedo demais. (*brinca*) Vou ter que vender mais enciclopédias para alguns dos seus vizinhos.

TULA – Tenha piedade, por favor... Eles não são tão ruins assim.

ANETE – Como eu não conhecia o caminho, eu resolvi sair um pouco antes. Faz tempo que não ando nesta cidade. Desculpe, Antônia.

TULA – Não, não, você é uma excelente vendedora, não se preocupe. Só acho que vai precisar atualizar um pouco esse seu produto.

ANETE – Eu já desconfiava disso.

Pausa. Leve desconforto.

TULA – Bem... Pode ficar à vontade... Eu vivo aqui há pouco tempo, resolvi morar na capital de repente e ainda tenho que ajustar umas coisas. Muitas coisas. Mudar esse sofá, por exemplo. Está horrível, não combina com nada... Um trambolho. Você imagina o que é fazer uma mudança pruma virginiana? Tudo tem que estar perfeito, nos mínimos detalhes.

ANETE – Gosto das cores... Do estilo dos móveis... É um ambiente bem amistoso, sim.

TULA – Bem, se depender das revistas de *feng shui* que ganhei, a energia já está garantida.

ANETE – Queria ter mais paciência pra dar conta de todas estas sabedorias orientais. Até tenho uma vizinha japonesa. (*hesita*) Coreana... Acho que é coreana, sim... Um Japão genérico. O olho dela é tão esticado que não tira a vista da minha sala. Toda metida a besta só porque equilibra o arroz naqueles palitos. Aquilo pra mim nem é comida.

TULA – Você chegou hoje?

ANETE – Sim, hoje cedo, o trajeto foi ótimo. Estrada tranquila. Prefiro viajar à noite, acho mais tranquilo. Parece que as varizes incomodam menos. Mania de gente velha.

TULA – Bobagem... Você está muito bem assim.

ANETE – Sei que é bondade sua. "Por fora bela viola"... mas eu te confesso que essa carcaça aqui precisa é de uns bons ajustes... Às vezes, eu só pego no tranco. E faz tempo que não levo umas boas palmadas no traseiro... Quem disse que envelhecer é uma coisa maravilhosa é porque nunca levou um "pau no cu"... (*pausa*) Ah, desculpe o meu linguajar, desculpe, eu não deveria falar palavrão aqui, mas esses abutres têm a mania de opinar sobre o que nunca conheceram.

TULA – Você tem razão. São todos uns escrotos. Todos eles deviam era se foder mesmo.

ANETE – (*brinca*) Ufa! Obrigada por me acompanhar na "boca suja"... Foi muita delicadeza da sua parte. Agradecida.

TULA – Posso guardar a sua bolsa?

ANETE – Ah... Sim, sim... Obrigada, você é muito graciosa.

TULA – Amém! Depois de passar dos cinquenta ser graciosa já é uma dádiva. (*pausa*) Sente–se aqui, Anete, por favor. Você deve estar cansada.

ANETE – Não sabia que estava fazendo frio por aqui.

TULA – Eu passo grande parte do tempo lá no hospital, com o ar refrigerado do setor e quase nem sinto calor. Dizem que é péssimo pra garganta. Mas já nos acostumamos. Fazer o quê?! (*pausa*) Aceita uma bebida? Água... Chá... Vinho?

ANETE – Nossa... Vinho? Há tempos que não tomo uma bebida alcoólica... Já sou tonta por natureza... mas acho que uma tacinha não vai me fazer mal... Está bem. Vamos lá. Eu aceito. Aceito um pouco de vinho, pra aquecer... mas só se você me acompanhar.

TULA – Claro! Vou pegar as taças.

ANETE – Acho bonita esta sua profissão. Enfermeira... Coisa útil... Necessária... Gosto mesmo.

Esse mundo está muito doente. Epilético. Viciado em tarja preta. Certamente não deve ser um trabalho muito fácil, não é mesmo?

TULA – Pois é... Agora sou a enfermeira Antônia. "Enfermeira chefe"! A cada dia, um novo desafio... Pacientes impacientes... Horas sem sono... Uma nova dor... Um "curativo" diferente... A sorte é que ainda tenho os meus momentos de silêncio como "Tula".

ANETE – É bonito ver tantas folhas no chão da praça. Folhas murchas... Antes estavam verdes, compondo as árvores... Agora elas estão secas, soltas no chão à espera de um vento traiçoeiro.

TULA – Isso que você disse parece até poesia.

ANETE – Ah, longe disso... Poesia... quem me dera... E quem sou eu pra fazer poesia? Não... Não mesmo... Esqueça... Foi só... Foi uma observação tola. É que às vezes eu me sinto assim.

TULA – Como uma árvore?

ANETE – Como uma folha seca.

Pausa.

ANETE – E você, como me imaginava?

TULA – Pergunta difícil.

ANETE – (*insiste*) Nenhuma ideia?

TULA – Preferi não criar expectativas.

Longa pausa.

ANETE – (*olha para cima*) Essas gaiolas...

TULA – Mantive aqui como homenagem ao papai... É certo que eu nunca gostei do seu hábito de criar passarinhos presos, não mesmo, sempre achei um absurdo, mas ele cuidava com tanto carinho que ficava difícil discordar. Acho até que eles morreram de tristeza logo depois que ele se foi... Decidi manter por perto estas gaiolas, mas sempre abertas. Sempre. O que entrar também poderá sair... Assim tudo terá mais sentido, não acha?

ANETE – (*olha o painel*) Quantos retratos nessa parede... Acho que conheço essa atriz... Parece bonita, não? É das antigas, eu sei.

TULA – Elizabeth Taylor. (*empolgada*) Tenho quase todos os seus filmes gravados, alguns até passam de madrugada na TV, sem contar com as fotos, matérias, entrevistas... *Cleópatra*... Na outra foto é *Gata em teto de zinco quente*... E nessa menor *Quem tem medo de Virginia Woolf*.

ANETE – Esses filmes... Lembro vagamente de alguns... Na verdade nunca gostei muito de cinema, sabe? Sou meio desligada pra nomes de atores, diretores... Um desastre. Mas o seu pai... Ele sim era fascinado com os sonhos.

TULA – Eu acho que eu também sou meio fora da realidade, uma tonta sonhadora, como ele.

ANETE – Mas isso não é ruim. E tem as novelas, né? Você assiste alguma? Acompanhei várias das antigas. *Pecado Capital*... *Irmãos Coragem*... *O Casarão*... *Selva de Pedra*... *Selva de Pedra* era ótima! Nossa, como eu gostava daqueles capítulos... As tramas de Janete Clair tinham sabor especial para mim... (*risos*) E não me sentia alienada, não, não, muito pelo contrário, eu me inspirava naquelas mulheres sofredoras que via pela TV em preto-e-branco, sem cores... Até que um dia eu tentei atuar os meus próprios capítulos.

TULA – Teve um final feliz?

ANETE – Bom, isso ninguém me contou... (*pausa*) Hoje em dia as histórias mudaram muito... Não tem mais aquela magia... Agora é diferente, sabe? Tem muita violência... Um horror! E tudo muito rápido... Falta emoção... Então, é melhor assistir logo o noticiário, não é mesmo? (*pausa*) Você se importa se eu... Acender um cigarro? Eu posso ir até a janela para não espalhar a fumaça... Desculpe, eu realmente não deveria fazer isso, mas é que...

TULA – Tudo bem, eu fumo com você. Eu confesso que também não deveria... Não mesmo. Tinha que dar o exemplo pela minha profissão, zelar pela minha saúde, mas, como diz o ditado, "em casa de ferreiro"...

ANETE – O espeto é normal! (*risos*) Que ótimo, dividiremos essa pequena transgressão. (*acende o cigarro de ambas*) Onde está o cinzeiro?

TULA – Na verdade em lugar nenhum. Eu joguei todos eles fora como uma forma de evitar o fumo. Mas não adiantou. A minha vida não anda menos esfumaçada. Este trago é necessário. Tome aqui. Pode usar esse pires.

ANETE – Obrigada. (*olha a árvore decorada*) Pelo visto, você já está preparada pro Natal.

TULA – Sempre gostei de montá-la no início do mês. Quando era pequena adorava esperar a noite do Natal, arrumando logo a decoração parecia que ela vinha mais rápido.

ANETE – Pra ganhar os presentes?

TULA – Não. (*olha para ANETE*) Pra esperar uma pessoa, que nunca vinha.

Pausa.

TULA – Hoje eu preparei um pequeno jantar.

ANETE – E pelo cheiro parece que você tem talento pra cozinha.

TULA – Não, não, não mesmo. Sou uma atrevida. Metida a besta. Fiz algo bem simples, mas de valor afetivo. Pra ser sincera eu não costumo cozinhar, mais por falta de tempo. Geralmente faço as refeições fora de casa pela praticidade. É difícil cozinhar quando se mora só. Mas creio que você está sozinha por opção, não?

ANETE – Não diria desta forma. O destino nos prega peças. Forma os nossos pares, mas também os separa, quando quer... Por capricho ou piedade. Sou o que deu pra ser, às vezes somos surpreendidos com as reviravoltas da vida. Como os redemoinhos e as suas sentenças... E olha que eu não sou muito cristã, na verdade nunca fui. Mas pra mim esse mundo tem muitos mistérios.

TULA – Mistérios... (*pausa*) É verdade, acho que sempre guardamos alguns debaixo do tapete com a cumplicidade de uma boa vassoura.

ANETE – No fundo, nós somos todas bruxas... Já tentou alguma simpatia?

TULA – Simpatia?!

ANETE – Sim. Conheço algumas que são "batata"! Quer saber? (*empolgada*) Essa é para atrair o amor: encha um copo com água e ponha três pitadas de sal e três gotas do seu perfume preferido. Tampe e deixe um pedaço de papel com o seu nome completo, idade e endereço, além de uma rosa vermelha. Durante quatro dias, ajoelhe-se e peça ao santo que traga a pessoa amada pros seus braços. Quando a rosa for murchar, enterre as pétalas em um vaso e rasgue o papel bem rápido. É tiro e queda! Pá-Pum! Entendeu?

TULA – E isso funciona mesmo?

ANETE – Bem, comigo não muito... Na verdade foi uma desgraça, eu confesso. Eu me estrepei toda... Devo ter usado o perfume errado ou não pedi com muita força, vai saber, né? Mas tem que tentar. Tem que tentar sempre. Uma hora dá certo.

TULA – (*segreda*) Essa noite nós vamos esquecer todos aqueles malditos regimes.

ANETE – Eles irão todos pra puta-que-os-pariu!

TULA – Pra casa do caralho-a-quatro! (*risos*)

ANETE – Isso mesmo. (*pausa*) Você sabe qual o animal que pesava vários quilos e hoje tem pouquíssimas gramas?

TULA – Hummm... Nem imagino.

ANETE – O "ex-quilo"! (*risos*) Que piadinha mais infame, hein? Pode relaxar que hoje seremos duas saltitantes como os "ex-quilos"!

TULA – Então, vamos logo à festa... Vou trazer os nossos pratos.

ANETE – Eu te ajudo.

TULA – Não, não, não... Pode ficar aqui bem quietinha. Não precisa se incomodar.

ANETE – Ora, deixe de bobagens. Eu faço questão. Sou bem teimosa, viu? Cabeça-dura. Bato sempre na parede. Tenho até inveja do pica-pau. Sabia que o danado tem bolsas de ar que amortecem as batidas na sua cabeça? E eu tenho que me contentar com as aspirinas.

TULA – Bom... Já que é assim, eu aceitarei de bom grado.

ANETE – E com esse cheirinho gostoso da comida, você vai acabar me convencendo a ter uns quilinhos a mais. E sem a menor culpa.

TULA – E que mal há nisso?

ANETE – Ter os quilinhos?

TULA – Sentir a culpa.

PARTE 2
O SABOR DOS TEMPEROS E UM ESTRANHO PEDIDO

As duas estão sentadas à mesa de jantar, comendo e conversando com prazer.

ANETE – (*saboreia o jantar*) Hummm... Está mesmo uma delícia, Antônia. Muito bom esse sabor...

TULA – (*modesta*) Você ainda não experimentou tudo.

ANETE – Não vou declinar de nada disso. Que jantar divino! E tudo está muito bem dosado. Esse é um momento oportuno pra nós descobrirmos. Conhecermos um pouco mais do nosso paladar, você não acha?

TULA – (*vai até uma das sacolas e tira uma camisa masculina*) Essa camisa era dele... Tava velha, toda amarrotada, mas ele adorava usar. Resolvi me desfazer de algumas dessas lembranças. (*pausa*) Ele gostava de se sentar aqui.

TULA coloca a camisa sobre uma das cadeiras da mesa, como se marcasse a presença do pai.

O PAI veste a camisa e senta-se na cadeira.

ANETE – Como ele estava nos últimos dias?

TULA – Foi tudo muito rápido... um susto. Mas sem sofrimento. Achava que ainda tinha algum chão pela frente. Mas ele fumava muito... Inveterado. Adorava os tais charutos e foi traído pelos pulmões castigados... Queria morrer feliz. Transgredindo... E assim foi... Éramos muito unidos, tipo "pé cansado e chinelo velho", sabe? Depois que ele se foi fiz algumas mudanças. Mas não adianta fugir, as lembranças ficam grudadas aqui dentro do peito.

ANETE – Sim... Parece que conhecem os nossos becos escuros.

O PAI veste um jaleco. ANETE vai até a frente do palco e conversa com o PAI/DOUTOR.

DOUTOR – Fique calma, dona Anete, eu estou aqui pra ajudá-la no que for preciso.

ANETE – (*nervosa*) Vamos logo com isso, doutor... Chega de lero-lero... Tire boas novas da brancura desse seu jaleco. E, por favor, não me esconda nada. Quanto tempo eu ainda tenho?

DOUTOR – Bem, é difícil responder a isso com precisão e além do mais...

ANETE – Eu preciso saber quanto tempo ainda me resta nesse pardieiro de mundo.

DOUTOR – Na medicina nós costumamos lidar também com as surpresas, pois na saúde nada é definitivo, mas o fato é que o seu tumor aumentou e... É uma situação bem delicada devido a sua idade... Creio que talvez com mais um pouco de quimio...

ANETE – Não... Não... Pra que aumentar uma expectativa que não vai me recuperar de verdade? Preciso da fruta inteira, não quero metades... Eu sou gulosa. Desde quando viver com parcimônias é viver?

DOUTOR – Veja bem, existem alguns casos que conseguiram atingir um prazo maior de convivência com a instabilidade do organismo e...

ANETE – Deixa esse troço pra lá. O melhor mesmo é esquecer. Sei que as minhas chances são mínimas... Basta. Vou enfrentar isso de outro jeito. Deve haver uma porra de outro jeito, não?

DOUTOR – Juro que gostaria de te dar boas novas... Mas eu... Eu sinto muito.

ANETE – Não mais do que eu, doutor... Não mais... Sabe que a sua fisionomia não me é estranha? Nós já dançamos juntos?

DOUTOR – Do que a senhora está falando?

ANETE – Esqueça... Essa minha memória já está querendo trocar as pilhas... O senhor sabe jogar truco?

DOUTOR – Como?!

ANETE – Truco. Para jogar uma mão, cada jogador recebe três cartas. No final da distribuição, vira-se uma carta do baralho para cima, definindo as manilhas. Em cada rodada, um jogador coloca uma de suas cartas na mesa, e o jogador com a carta mais forte vence a rodada. Eu sempre fui astuta com as cartas, doutor... Saber driblar é uma arte, sabia? Também sei costurar como ninguém, sou atenta aos detalhes das linhas, agulhas e botões. E até já fui bonita. Mas de que me adianta isso agora, não é mesmo? De que me adianta?

TULA – Anete... (preocupada) Anete?! (pausa) Você parecia estar longe.

ANETE – Ah, desculpe. Eu me distraí um pouco e... Perdão... Quero saber um pouco mais de você. Pode ser? Conte-me como vai este seu coração. Casou-se alguma vez? Bonita deste jeito deve ter vários pretendentes, não?

TULA – Agora, neste momento, estou tentando estar bem sozinha. Cansei de dormir com o Tarzan e acordar com o primo da Chita. Na verdade, acho que a "banana" aqui sempre fui eu.

ANETE – Ah, os homens... Dizem que o melhor mesmo é ter animais de estimação. São mais inteligentes.

TULA – Já tentei. Juro. Sempre quis ter um animal que fosse mais lento que eu para que pudesse me sentir superior a ele, sabe? A minha analista disse que eu estava com baixa autoestima. Então, adotei um jabuti.

ANETE – Um jabuti?!

TULA – Sim, achava o máximo a sua lentidão carregando aquele casco, ele me ouvia calmamente e parecia sempre gordo. E ter algo mais gordo que eu em minha casa me dava um alívio imenso. Mas um dia ele saiu em fúria diante de uma folha de alface verdinha, apressadíssimo! Devorou tudo de uma só vez! Percebi, então, que o verdadeiro jabuti da casa era eu. Dei de presente aquele "atleta" pruma paciente.

ANETE – Acho que todas nós temos os nossos momentos de jabuti.

TULA – Agora eu só preciso achar a minha alface.

ANETE – Ah, eu adoro o seu senso de humor. O que importa é tentarmos ter uma boa companhia.

TULA – Você não teve outros filhos?

ANETE – Persistir num erro é burrice.

A luz oscila. Som de helicópteros voando em bombardeio.

ANETE – (*olha TULA*) Desculpe... Como fui estúpida, me desculpe. Não foi isso eu que quis dizer...

TULA – Não se preocupe.

ANETE – Que diabos... Eu sou mesmo uma mula.

TULA – Não faz mal.

ANETE – Não devia ter dito isso.

TULA – Está tudo bem.

ANETE – Eu só queria dizer que...

TULA – Não tem problema algum, já disse. (*pausa*) Pode me passar a salada?

ANETE – Claro.

TULA – Posso saber por que você voltou?

ANETE – Acho que as lembranças falaram mais alto.

TULA – Um pouco tarde, não?

ANETE – Você acha?

TULA – Não, não tenho o poder de achar nada... (*pausa*) Quer mais salada? Mais uma fatia de torta?

ANETE – Estou satisfeita, obrigada.

TULA – Um pouco de vinho, então?

ANETE – Não, imagina, já passei da conta.

TULA – (*serve*) Aceite mais um pouco. Ajuda a aquecer, descontrair...

ANETE – Só mais um pouquinho, então.

TULA – Não achei que te veria mais.

ANETE – Tinha vontade?

TULA – Já tive muita, mas as coisas amadurecem. Transformam-se... E outras se derretem.

ANETE – (*irônica*) É uma forma sutil de dizer que se esqueceu de mim?

TULA – Preenchi a sua ausência.

ANETE – Com outra forma de mãe?

TULA – (*seca*) Você nunca foi minha mãe.

Longa pausa.

ANETE – (*sentida*) Você tem razão... (*pausa. Toma um gole de vinho. Olha a varanda.*) Parece que vai ser uma noite fria.

TULA – Mas, afinal, o que você veio fazer aqui, Anete?

ANETE – (*surpresa*) Ora, vim te fazer uma visita e...

TULA – O que você quer comigo depois de todos esses anos? Pra que voltar depois de toda uma vida em silêncio, longe de nós, longe de tudo?

ANETE – (*dissimulada*) Mas que pergunta!

TULA – (*delira*) Rock... Pulsão de guitarras, uma bateria eletrizante, canhão de luzes e a voz rouca de um vocalista... A minha vida poderia ter tido a potência de um rock and roll... (*pausa*) Na minha adolescência eu, uma magricela, sardenta e branca feito papel, destilava solidão no quarto escuro ouvindo Depeche Mode. Ninguém da minha idade curtia Depeche Mode. Você tem noção da deprê daquela mocinha? Eu era a própria diva da melancolia. (*pausa*) O QUE VOCÊ VEIO FAZER AQUI, ANETE?

ANETE – Eu... Eu precisava voltar... Estar aqui com você novamente nem que... Nem que fosse por uma última vez.

TULA – Será que na Bíblia existe também a parábola da mãe pródiga? Hummm... Eu não me lembro bem... mas deve haver sim... Você acha que chegaria aqui, toda coquete, contaria uns tropeços da vida, falaríamos detalhes sobre as cores de esmaltes, trocaríamos o verde-esmeralda pelo rosa salmão e, finalmente, ficaríamos como "unha-e-carne"... As mais novas amigas inseparáveis... Simples, assim?

A iluminação oscila. Som de helicópteros voando em bombardeio.

ANETE – (*constrangida*) Tula, eu... Você ainda está muito ressentida. Fui uma tonta... Eu deveria ter imaginado que...

TULA – E por que deveria ser diferente? (*sarcástica*) Confiou na minha bondade? Você não tem medo de eu ter posto veneno no tempero desse seu prato de comida?

ANETE – Veneno?! (*engasga-se*)

TULA – Acreditou na minha cara de filha comportada, carente e boazinha?

ANETE – Sei que você não faria isso.

TULA – E por que não? Motivos não me faltam para te envenenar.

ANETE – Você não teria coragem de...

TULA – Talvez não... Mas tenha cuidado, sempre tem o dia em que nos surpreendemos... Eu gosto de falar o que penso. Ao menos, aprendi isso com os anos de análise.

ANETE – Quer que eu vá embora, não é? Já está tarde mesmo e... (*levanta-se*)

TULA – Você é a minha convidada. SENTE-SE! Aceita mais um pouco de purê? (*serve ANETE sem esperar a resposta*)

ANETE – Está bom, assim.

TULA – Achei um pouco salgado. Confirme que está salgado.

ANETE – Imagina... Está ótimo.

TULA – Está salgado.

ANETE – Impressão sua.

TULA – Mentira. Você é dissimulada. Está um pouco salgado, eu sei. (*altera a voz*) CONFIRME QUE ESTÁ SALGADO.

ANETE – Está de acordo com o meu paladar... É que eu sempre tive a pressão baixa e...

TULA – Acho que toda a família.

ANETE – É verdade.

TULA – Você falou que mora sozinha?

ANETE – Sim, já faz alguns anos. O meu companheiro morreu num acidente, há alguns anos. Estrada molhada, noite escura... Ele estava vindo de fusca depois de um trabalho numa cidade próxima. Não conseguiu desviar do caminhão e...

TULA – (*fria*) Entendo. Mas me diga uma coisa... A morte dele foi instantânea?

ANETE – Como?!

TULA – Ele agonizou? Ficou transfigurado? Perdeu muito sangue com as feridas? O rosto empalideceu? Os olhos... Os olhos esbugalharam com as veias? E o corpo? O corpo inchou ou coube inteiro no caixão? O caixão ficou aberto ou fechado? Fechado. Aposto que sim. Fechado com certeza... Ficou fechado, não?

ANETE – Por que você me pergunta essas coisas, assim, desse jeito?

TULA – Só quero saber como você lidou com a sua dor.

ANETE – Cada um carrega a sua da forma que merece. Mas o certo é que, depois da dor, fica a memória dos bons momentos.

TULA – Alguns ficam presos à dor... vulneráveis a ela... Mas eu fiquei sem hematomas. O mertiolate e os curativos deram uma ajuda. Nada que uma boa pomada não cure.

Toca o telefone.

ANETE – Você não vai atender?

TULA – Não. (*um tanto tensa*) Esqueça... Deixa tocar. Deve ser uma colega chata que insiste em me contar coisas sem importância. (*pausa*) Quer mais alguma coisa?

ANETE – Não, não, não, eu estou mesmo satisfeita. Muito obrigada.

TULA – Mas ainda falta a sobremesa.

ANETE – Nossa... Será que eu aguento? Há tempos que não como tanto, minha filha.

TULA – (*seca*) EU NÃO SOU SUA FILHA.

ANETE – (*derruba a taça*) desculpe.

TULA – Não faz mal, eu já limpo.

ANETE – Tem coisas que não são tão fáceis de limpar. Eu sei. Eu te fiz sofrer muito, não? Pois saiba que não foi fácil para mim tomar aquela decisão. Mas o seu pai morreria se ficasse sozinho e...

TULA – Você não se arrepende?

ANETE – (*seca*) Não.

TULA – (*longa pausa*) Eu sabia.

ANETE – Eu não me arrependo.

TULA – Acha perfeito tudo o que fez, então?

ANETE – Eu não me arrependo de nada. Não me arrependo de ter ido embora.

A iluminação oscila. Som de helicópteros voando em bombardeio.

TULA – VOCÊ FUGIU.

ANETE – EU ATRAVESSEI UMA PORTA. NÃO FUGI.

TULA – Simples assim?

ANETE – Mas que importa isso agora? (*pausa*) A verdade é que não me arrependo. Queria ser livre como um carrinho de rolimã e descer ladeira abaixo... Tinha esquecido de fazer coisas como gargalhar alto... sacudir a saia... Podia te dar várias explicações, inventar frases bonitas... mas não sei dizer essas coisas de livros. Nunca soube.

TULA – (*irônica*) Eu sou capaz de entender tudo. Até quando o chuveiro não esquenta na hora do banho em noite fria... Quando acaba o gás na hora de esquentar a janta... O ferro queima a barra do vestido... O remédio pra dormir não faz efeito... O leite entorna no fogão... O despertador não toca... Ou o carro enguiça quando você não pode se atrasar. Mas é que... ah, deixa pra lá.

ANETE – Você se tornou uma mulher adulta.

TULA – E você, uma estranha.

ANETE – Você me odeia, não é?

TULA – Não... Eu não consigo sentir nada por você.

ANETE – Você me odeia, sim, eu sei... você me odeia e eu não te culpo por isso... mas acho que agora você merece saber o verdadeiro motivo que me trouxe aqui.

TULA – (*irônica*) Ah, finalmente vai abrir as cartas, então?

ANETE – Uma única carta. Na verdade, eu... Bem, eu vim te fazer um pedido. E acho que terá prazer em realizá-lo.

TULA – Bom, preciso saber do que se trata primeiro. Não acha?

ANETE – É coisa simples. Eu preciso que você me mate.

Som de trovão e ventania. O vento toma conta da sala e ambas tentam se equilibrar. Caem muitas folhas secas do teto, sobre as duas.

TULA – Do que você está falando?

ANETE – Não quero morrer seca como essas folhas.

TULA – (*assustada*) Morrer?

ANETE – Preciso que me mate, com urgência, por favor.

TULA – O que você disse?

ANETE – Eu preciso que você me mate. E posso repetir quantas vezes quiser. MATE A SUA MÃE.

O PAI aparece alienado. Agoniza no espaço.

TULA – Você está louca?

ANETE – É a sua chance de destruir a mãe que te desprezou. Se livrar de todos os seus ressentimentos. Não poderá ser punida por isso.

TULA – Que conversa é essa?

ANETE – Seja rápida, garota. Preciso que me mate sem dó nem piedade. Agora.

TULA – NÃO!

ANETE – Num só lance. Você é enfermeira, sabe lidar com sangue, não sabe? Comece já.

TULA – LOUCA! VOCÊ ESTÁ LOUCA, O QUE ESTÁ DIZENDO? SAIA DAQUI.

ANETE – Mas pode ser algo mais limpo também, com veneno, com alguma injeção fulminante, um medicamento alterado, que tal? Você conhece melhor do que eu alguma droga eficaz.

TULA – Não é tão fácil assim...

ANETE – QUERO QUE VOCÊ ME MATE. É importante isso. E depois me devore como num jantar, que me faça pagar por tudo o que eu te fiz.

TULA – Devorar a minha própria mãe?

ANETE – NÃO SEJA IDIOTA! VOCÊ SABE QUE EU NUNCA FUI SUA MÃE! VOCÊ MESMA ME DISSE ISTO, LEMBRA?

TULA – Sim, sim, eu disse, mas é que...

ANETE – Então, vamos, realize a minha vontade. Sem pausa. Mate-me agora.

TULA – EU NÃO POSSO! NÃO CONSIGO... É DEMAIS PARA MIM.

ANETE – MAS É A SUA CHANCE DE VINGANÇA! DEVORE AS PELANCAS DESTA VELHA.

TULA – POR QUE ISSO AGORA?

ANETE – Acha mesmo que eu mudei, assim, de uma hora para outra? Que quero piedade? Nunca! Quero que se alimente de mim neste jantar e depois vomite toda a sua mágoa, os seus medos, o seu rancor.

TULA – Não faz sentido.

ANETE – Confesse que é um pedido justo. Uma boa solução pros seus problemas.

TULA – (*indecisa*) Não... talvez... sim... Mas...

ANETE – DEVORE-ME LOGO! NÃO SEJA TONTA, MENINA.

TULA – Devorar você?

ANETE – Aproveite, pois esta poderá ser a sua última chance.

TULA – (*tenta se equilibrar, confusa. Anda de costas e volta-se para ANETE*) Sim. Confesso que é realmente uma boa ideia. Tenho que concordar com você. Será o melhor cardápio pro meu apetite! Expulsarei o meu passado... Finalmente estarei livre dessas memórias tortuosas.

ANETE – Isso mesmo. Devore esta mãe ingrata que te abandonou. Que não olhou para trás. Que fugiu do seu cheiro. Que não te mereceu. Só assim você estará livre de mim.

TULA – EU TENHO NOJO DE VOCÊ.

Som de trovão. Caem mais folhas.

ANETE – (*sobe na mesa*) ANDA! VAMOS COM ISSO! QUEBRE O MEU CRÂNIO... RETALHE COM O GARFO ESTA MINHA PELE EM VÁRIAS PORÇÕES PEQUENININHAS! COMECE LOGO, SEM DÓ ALGUM. CORTE O MEU PÂNCREAS.

TULA – VOCÊ É UMA VELHA ASQUEROSA!

ANETE – SIM, EU SOU AMARGA. ÁCIDA. CÍTRICA. EU PROVOCO AZIA. CAUSO MÁ DIGESTÃO. HÁLITOS INDESEJÁVEIS. TENHO CALORIAS. NUNCA FUI PALATÁVEL. SOU MUITO GORDUROSA. VISGUENTA. NÃO SE ENGANE COM A MINHA APARÊNCIA, MEU BEM. EU JÁ PASSEI DO PONTO. TENHO A CARNE ESTRAGADA. CHEIA DE BACTÉRIAS. DESDE SEMPRE.

TULA – MAS, MESMO ASSIM, EU VOU DEVORAR VOCÊ! ISTO MESMO! VOU FICAR COM VOCÊ DENTRO DE MIM PRA DEPOIS VOMITAR E JOGAR NO LIXO. DESPREZAR SUA VIDA COMO VOCÊ FEZ COMIGO.

ANETE – COM A MESMA MOEDA. O MESMO TROCO. O MESMO FIM. Vamos... Seja rápida. Acabe logo com esta bruxa ou o seu caldeirão de água gosmenta vai te afogar.

TULA – Quebrarei o seu feitiço, todos os seus espelhos e os seus truques macabros de bruxa.

ANETE – Sim. Iremos nos detestar com o mesmo sabor. E depois quebrar estes pratos, entortar estes talheres, rasgar esta toalha e queimar os guardanapos. Cuspir no chão. Destruir todas essas miseráveis etiquetas.

TULA – EU DEVORAREI VOCÊ NO MELHOR JANTAR DO MUNDO. Um jantar para duas. Duas verdades sem a luz de velas. Sem mentiras ofuscadas. Todo o sabor aguardado em plena claridade. PARA NÓS DUAS.

ANETE – (*dá uma gargalhada e grita com prazer*) ENTÃO VEM, POIS JÁ ESTOU PRONTA PARA O ABATE... VENHA LOGO... SEI QUE ESTÁ FAMINTA.

Som de trovão. Blecaute. Volta à ação anterior. Breve silêncio.

ANETE – Está realmente uma delícia esse pavê. Como tudo, na verdade, de muito bom gosto. O jantar, a música, o vinho...

TULA – Que bom que gostou... Aceita mais um pouco?

ANETE – Não, imagina... Amanhã vou acordar como uma baleia encalhada.

TULA – Papai dizia que, entre as moças que trabalhavam na fábrica, onde vocês se conheceram, você era a mais bonita.

ANETE – Ele disse mesmo isso? Era um bobo apaixonado... Confesso que tivemos bons momentos juntos, eu não posso negar que... mas nunca fui bonita. Bonita não. Vaidosa, talvez. Arredia. Uma mulher de personalidade fica com os olhos mais ardentes, isto a diferencia das outras, talvez. (*pausa. Segura a camisa*) Ele falava de mim?

TULA – Quase nunca, sempre foi monossilábico com esse assunto. Ele rasgou tudo que
poderia lembrar você.

ANETE – Eu precisava ser feliz. Estava tudo errado... Eu tinha o direito de arriscar.

TULA – E valeu a pena?

O PAI tropeça tonto no móvel e faz barulho.

ANETE – O que foi isso?!

TULA – O barulho? Deve ter sido o vento. Derrubou um prato. Deixei a janela da cozinha aberta. Sou distraída... Às vezes esqueço até a porta destrancada...

ANETE – Você sempre foi uma garota geniosa, sabia? Cheia de traquinagens, vivia se machucando. Quebrava o braço... Torcia o pé... Queimava o dedo... Mordia a língua... Tínhamos que ficar sempre atentos ao que você fazia... Acho que é por isso que trabalha em hospital. Era a sua segunda casa... Era bom cuidar de você.

TULA – (*disfarça*) Aceita um café?

ANETE – Não, não, não! Assim não conseguirei dormir. Tenho cá as minhas manias. Espere um momento, acho que está na hora de abrir o presente. (*vai até a árvore, pega o pequeno embrulho e entrega a TULA*) Tome, acho que isto aqui te pertence.

TULA abre o embrulho, surpresa, e vê um patinho de borracha.

ANETE – Você não deve se lembrar, mas era um dos seus brinquedos preferidos. Sem ele você certamente teria se afogado na banheira. (*pausa*) Eu precisava de algo para dormir comigo durante parte desses anos. Mas agora você o tem de volta. Pode ficar. É todo seu. (*pausa*) Pensando bem, acho que vou aceitar o café.

PARTE 3
REMÉDIOS, BOMBONS E ALGUMAS CULPAS

As duas estão sentadas no sofá, após o jantar.

TULA – Fique tranquila. Amanhã é o dia da faxineira, ela resolve tudo. E afinal, hoje aqui você é a visita. A minha convidada.

ANETE – Não me custava nada ter lhe ajudado com a louça. Eu lavaria rapidinho... Eu gosto. Mas se você pensa assim... Obrigada por poupar o meu esmalte. (*ri*)

TULA – Anete...

ANETE – Sim?

TULA – Nada... Esqueça... Bobagem minha...

ANETE – Que tipo de bobagem? Pior que aquela minha piada do "ex-quilo"?

TULA – Você já ouviu falar em aborto espontâneo?

ANETE – (*preocupada*) O que você quer dizer com isso?

TULA – No início foi só um feto desgarrado que fugiu do meu ventre... Não me preocupei, achei casual, tentei superar, mas depois... Vieram outras tentativas fracassadas, várias delas, até eu descobrir que tinha o útero infantil. (*irônica*) O nome é bonito, não? "Útero infantil"! Tenho a boceta estragada, Anete... Nunca pude parir... Meu útero é fraco... Ficou vazio... Estranho... (*pausa*) E agora você me chega com esse patinho de borracha e...

ANETE – Eu sinto muito.

TULA – (*nervosa*) Não, você não sente... Você não pode saber o que eu passei.

ANETE – Bem, acho que eu preciso ir, a hora está adiantada e...

TULA – Acho que seria uma filha... Eu tenho certeza disso. Uma filha... Com tranças e sardas, como eu... Poderia dar a ela esse pato, ensiná-la a andar de bicicleta, algum dia, claro... Se ela pudesse chegar. Mas ela não veio... Ou eu não merecia... Castigo de Deus ou fúria do capeta? Quem é que vai saber, hein?

ANETE – E o pai?

TULA – Pediu um tempo... Virou astronauta, caçador de javalis, tocador de blues no Alabama ou se perdeu no buraco negro, sei lá... Sumiu. Mas eu também não fui muito fácil com ele. Nem um pouco. Reconheço que passei do ponto algumas vezes, na verdade, várias... Várias vezes... Gritei mais que o carro das pamonhas... Não fui fácil... Não mesmo... mas há algumas semanas ele tem me ligado... Ele deixa recados e certos murmúrios na secretária, eu não consigo atender. (*pausa*) Foi ele quem ligou há pouco, eu tenho certeza. Acho que está tentando recomeçar... "Trançar uma nova peneira para a colheita", como o papai dizia... Bem, eu... Não sei como seguir... Ando meio sem chão, sabe? Todo o meu passado resolveu me revisitar de repente, não é mesmo? Quebraram o cadeado do baú numa sessão nostalgia.

ANETE – Então, agarre essa nova chance, menina. Não tenha medo. Seja firme. Vá em frente. E sobre a criança vocês ainda podem tentar uma adoção e... Olha, eu conheço um casal que...

TULA – Por que tudo tem que ser assim?

ANETE – E quem tem o poder de mandar no destino? Diga-me, quem? Mas por que você se interessaria pela minha opinião? Logo eu que... (*emocionada*) mas saiba que... Mesmo que não possa acreditar... Você é... sempre foi... muito especial para mim.

TULA – Só porque eu consigo organizar jantares improvisados?

ANETE – Não. Porque você é uma mulher foda... Do caralho! Tem colhão, puxou a mim, lógico. (*risos*) Pena que eu não... (*pausa*) Eu menti quando disse que vivo sozinha.

TULA – Mentiu?

ANETE – Eu tenho um gato e um passarinho.

TULA – Um gato?

ANETE – (*orgulhosa*) Sim. E nos damos muito bem, viu?

TULA – Mas dizem que os gatos devoram passarinhos.

ANETE – Folclore. Invenções. Crendices... É tudo uma questão de afinidade com o outro. Só isso. Eu tinha apenas um passarinho e de repente, no ano passado, apareceu em minha porta um gato cinzento de olhos lindos, misteriosos, assustados. Parecia que sabia o meu endereço de cor, você acredita? Chegou melindroso e foi se instalando, bem folgado.

TULA – Vai ver que ele estava entrando em uma nova vida, fugindo das outras.

ANETE – Bem, eu espero que você me faça uma visita em breve, moro em uma cidade pequena, mas é bem hospitaleira. Dá pra você pedalar pelas ruas, sossegada... Tem até um grupo que toca chorinho em dias de feira! E tem "festa baile" no Clube todo último sábado do mês.

TULA – Acho que eu irei adorar.

ANETE – Tem certeza? Acho que não... você iria achar um tédio... é tudo cafona demais... esqueça... mas pela noite poderemos marcar um bom carteado. Gosta de um joguinho? Tenho parceiras viciadas, mas, não adianta, eu sempre ganho delas. São todas minhas freguesas. Eu te contei que costuro vestidos? Sou boa nisso, costuro roupas em geral. Ajuda nas despesas do mês. Essa roupa, por exemplo, fui eu que fiz, copiei da capa de uma revista, ficou igualzinho... O que acha? (*rodopia*) Você gostou? Estou um tanto fora de forma, eu sei.

Música de encantamento. O PAI olha apaixonado para ANETE e a beija.

ANETE – Nossa... Fiquei um pouco zonza... Mas é uma

sensação agradável. Deve ter sido o vinho, sei lá... Olha, o convite está de pé, hein? Apareça quando quiser. (*olha o relógio*) Já está ficando tarde... E eu nem senti o tempo passar. Creio que já chegou a minha hora.

TULA – Ah, espere mais um pouco, depois eu chamo um táxi. Prometo.

ANETE – Eu ainda tenho que arrumar umas coisas lá no hotel, retorno amanhã bem cedo.

TULA – Mas, já? Achei que ficaria até o final de semana.

ANETE – Bem que eu gostaria, mas tenho algumas consultas marcadas.

TULA – Consultas? Aconteceu alguma coisa?

ANETE – (*disfarça*) Umas bobagens... Nada de mais. Não se preocupe. Firulas de uma velha ranzinza com abstinência de pau.

TULA – (*preocupada*) Estou falando sério. Se você quiser eu posso...

ANETE – Já está ajudando. Mais do que imagina.

TULA – Tem certeza?

ANETE – Quero que você saiba de mais uma coisa. Eu me programei pra esquecer do cinema e do nome daquela atriz.

TULA – Elizabeth Taylor.

ANETE – O seu pai insistia em dizer que éramos mesmo parecidas. Veja só que tolice... O cinema era a única coisa que nos unia. Eu, o seu pai e aquela tela imensa.

TULA – Eu entendo... Vou pegar a sua bolsa e a tal enciclopédia. Só um instante.

PAI – A senhorita poderia me dar o prazer dessa contradança?

O PAI segura levemente no braço de ANETE e dançam enquanto ela conversa com ele.

ANETE – O cinema foi também o que me fez fugir de você, sabia? Me fez perceber que existia um colorido em algum outro lugar do mundo. Um novo compasso de dança. Eu gostava de ir naquelas sessões de domingo, de braços dados com você. Dois pra lá, dois pra cá...

PAI – Podem ter se passado mil vendavais, terremotos, incêndios e geleiras, mas o fato é que eu nunca... Eu nunca me esqueci daquele seu perfume.

ANETE – Qual? O Rosa Silvestre? (*risos*) Mas era um perfuminho barato... Coisa boba. Cheirava a nada demais. Quase uma alfazema.

PAI – E parece que foi ontem que vi esse seu sorriso.

ANETE – Ontem e mais algumas décadas.

PAI – Eu bem sei que nem todas as verdades são para todos os ouvidos. Eu sei... eu sei... E fique sabendo que a solidão também não é pra qualquer um. Não mesmo. É bom que se diga com todos os refrãos sonoros: A SOLIDÃO É UMA DESGRAÇA DOIDA... mas fazer o quê? Ficam as memórias... E cá entre nós, essas suas pernas continuam bonitas. Merecem um prêmio.

ANETE – (*modesta*) As minhas pernas? Não, não mais... Imagina... Se bem que, no passado, elas ganharam o concurso da fábrica de charutos. Você se lembra?

PAI – Sim, você tinha fibra... Era confiante... Disposta a desafiar a mais venturosa paisagem.

ANETE – Todas as outras mocinhas morreram de inveja. Eu tinha as mais belas pernas, imagina só!

PAI – Foi no dia em que eu me declarei a você... Eu tremia... Tremia feito uma vara verde. Sempre tive medo de "nãos"... NÃO chore, NÃO tropece, NÃO fracasse, NÃO insista... Trabalhei numa fábrica de charutos e lá conheci o amor que incendiou os meus pulmões... E você me disse SIM... O SIM esperado que tatuou toda a minha história de vida.

ANETE – Sabe que eu gostava daquela sua barba malfeita?

PAI – O seu beijo tinha um gosto adocicado.

ANETE – Eu tomava Grapette framboesa, seu bobo!

PAI – Tempo bom... Inocente e traiçoeiro. Será que um dia ele nos dará alguma trégua?

ANETE – Tudo foi como tinha que ser. Em nossa própria medida e com alguns cativeiros.

PAI – Olha, muita gente pode não gostar, mas existem espécies de aves que podem ser criadas em gaiolas, outras em viveiros e até mesmo soltas... Lembra dos Agapornis? São chamados também de "inseparáveis" ou "pássaros do amor". Quando criados em cativeiro jamais devem ficar sozinhos... Você não sabia que era um Agapornis... E me deixou.

ANETE – (*pede silêncio com os dedos*) Eu é que desejei ter outros perfumes e beber sabores mais fortes que refrigerantes.

PAI – Poderemos estrelar como o casal de algum novo filme. Um filme de verdade. Não essas pataquadas modernas, cheias de firulas, que chamam de cinema...

ANETE – Você não para de delirar, homem... Ficamos velhos demais, grisalhos, com vista turva... Com dores na coluna e disritmia... Você não percebe?

PAI – Diacho! Pra que acordar se são esses meus delírios que me fazem "viver"? Por isso é
que ando de chinelos, sempre pronto pra voar.

ANETE – Não... É porque você continua com joanete, seu velho teimoso. Nunca quis se tratar... Tem posto o remédio no nariz antes de dormir?

PAI – Ah, essa sinusite vive brincando de destruir os poucos carneirinhos do meu sono. Desvio de septo é uma merda! (*pausa*) Você viu o meu isqueiro? Preciso acender outro charuto. Mas onde será que se escondeu aquele maldito isqueiro?

ANETE – Está ali, bem em cima do sofá. (*olha para o PAI indo embora*)

TULA – Anete... (*pausa*) aqui estão as suas coisas... Anete?

ANETE – Ah, sim, obrigada. (*veste o casaco*) Estava tudo ótimo, muito bom mesmo.

TULA – Poderemos repetir quando quiser.

ANETE – E que seja logo, hein? O próximo jantar será na minha casa, combinado? Aguardo sua visita, pois não devo voltar a vender nada neste condomínio tão cedo... Não quero "queimar o seu filme" com a vizinhança... Acho que não sou boa com enciclopédias.

TULA – É verdade, mas pelo menos serviu pra me explicar algo sobre a tal "metafísica" e os estudos da existência.

ANETE – Tem coisas que sentimos, mas não sabemos explicar direito o que realmente é... Bem, eu te agradeço por me receber aqui e...

TULA – Sabia que em todo hospital existe uma sala chamada expurgo? É um local onde são depositados todos os materiais infectantes, pra limpeza... Acho que em minha vida existe uma sala assim também e eu não consigo abrir a porta pra desinfetar ou descartar toda a sujeira do espaço.

ANETE – Às vezes, é preciso, simplesmente, colocar as luvas e girar com força a maçaneta.

TULA – Você tem certeza daquilo que me disse? Que os gatos podem gostar dos passarinhos... Sem devorá-los?

ANETE – Essa é a única certeza que eu tenho, menina.

ANETE tenta sair, e se despede de TULA meio sem jeito. TULA fecha a porta, lentamente.

O PAI acende o charuto no canto da sala. TULA segue lentamente até ele.

Cai a luz.

PISO MOLHADO

“Todos sabem que viver numa cidade é uma experiência ambivalente. Ela atrai e afasta; mas a situação do citadino torna-se mais complexa porque são exatamente os mesmos aspectos da vida na cidade que atraem e, ao mesmo tempo ou alternadamente, repelem.”

Zigmunt Bauman, 2009

O espetáculo estreou em 5 de julho de 2019, no Teatro Cacilda Becker, e cumpriu uma segunda temporada em 30 de julho no Espaço Parlapatões.

FICHA TÉCNICA

Dramaturgia: Ed Anderson. Direção: Mauro Baptista Vedia. Elenco: Patrícia Gasppar (Selma), Helio Cícero (Osvaldo), Carlos Palma (Tony) e Valéria Pedrassoli (Filha e Esposa). Direção de Produção: Emerson Mostacco. Cenografia: Marco Lima. Figurinos: Calos Colabone. Iluminação: Fran Barros. Trilha Sonora e arranjos: Jonatan Harold. Guitarra em "Meu mundo caiu": Jordan Herbert. Assistente de Direção: Karen Boulos. Cenotécnico: Fernando Bredas (Ono-Zone Estúdio). Design Gráfico: Leonardo Nelli Dias. Assessoria de Imprensa: Pombo Correio. Fotos: Priscila Prade. Operador de luz e som: Giuliano Caratori. Contrarregra: Rodrigo Holanda. Costureira: Judite Lima. Maquiagem: Sérgio Godin.

Realização: Prefeitura de São Paulo/ Prêmio Zé Renato.

Helio Cícero e Patrícia Gasppar. Foto: Priscila Prade.

PERSONAGENS:

SELMA – Cantora. Mulher na faixa dos cinquenta anos. Carente e temperamental.

OSVALDO – Encanador. Homem na faixa dos sessenta anos. Bonachão e sofrido.

TONY – Pianista. Homem na faixa dos setenta anos. Fracassado, mas de bem com a vida.

FILHA/ ESPOSA – Surge da imaginação de Selma e Osvaldo

AMBIENTAÇÃO:

Salão fechado de uma boate decadente situada no subsolo do centro velho de uma grande cidade. A decoração é de gosto duvidoso. Há um pequeno palco com um piano ou teclado.

TEMPO:

Final da tarde/ Noite.

PRÓLOGO
EU NÃO SOU UMA GIRAFA

Palco escuro. Inicialmente ouve-se o barulho do trânsito e conversa de pessoas. Aos poucos surge o som de crianças a brincar.

VOZ FILHA – Mãe... É verdade que os cangurus pulam porque não sabem andar? (...) Aquela zebra ali é branca com listras pretas ou preta com listras brancas? (...) Você sabia que a girafa dorme em pé, sabia? Foi a professora que disse. Você já dormiu em pé, mamãe?

VOZ SELMA – Várias vezes, mas eu não sou uma girafa, viu?

VOZ FILHA – Mãe... É verdade que o sol não é amarelo? (...) E o céu é azulzinho mesmo? (...) Por que essa chuva cai em picadinhos e não joga logo a água toda de uma vez?

VOZ SELMA – Deve ser pra avisar que temos que voltar logo pra casa. Vamos embora deste zoológico, filha, a mamãe ainda tem que trabalhar esta noite com outros tipos de animais.

VOZ FILHA – (*afoita*) Mãe... Por que aquela pata não voa igual aos pombos?

VOZ SELMA – (*seca*) Porque ela é gorda! (*impaciente*) Agora vamos logo com isso, acabe de comer este biscoito, menina! E chega de perguntas por hoje, está bem?

VOZ FILHA – Por quê?

VOZ SELMA – Porque sim.

VOZ FILHA – Por que “porque sim”?

CENA 1
O SEU PROBLEMA DEVE SER FOME

Surge a iluminação para a cena com o foco inicial em SELMA que tenta cantar o bolero "Perfídia", de Alberto Domínguez, acompanhada por TONY, porém ela desafina e desce do palco.

SELMA – "(...) Te he buscado donde quiera que yo voy/ Y no te puedo hallar/ para que quiero tus besos si tus lábios/ No me quieren ya besar/ Y tú/ Quién sabe por donde andarás/ Quién sabe que aventuras tendrás/ Qué lejos estás de mí (...)". Para, para, eu tô desafinando demais!

TONY – Ai, jesus, lá vem trovoada! (*paciente*) Tá tudo bem, minha diva, tudo bem, podemos fazer de novo... Esta música é muito especial pra mim. Me transporta pro Marrocos. Esteve na trilha de Casablanca, quando Humphrey Bogart e Ingrid Bergman dançavam e finalmente...

SELMA – Não, pra mim chega, Tony. Eu sou mesmo uma tonta! Dessa vez, eu consegui ultrapassar todas as regras do bom-senso. Eu tô abusando das notas como uma principiante. Vaca desafinada. É isto o que eu sou... Uma vaca! (*quebra um vaso*)

TONY – Deixa a coitada da vaca no pasto. Ou no brejo, sei lá... Tá louca, mulher?!

SELMA – Eu nunca fui normal, cê sabe muito bem. Ainda ponho paninho debaixo do telefone.

TONY – Vamos com calma. Tudo tem seu tempo. Relaxe um pouco... Não dá pra fazer omelete sem quebrar os ovos, cherry!

SELMA – Cansei. É melhor deixar o rádio ligado em volume bem alto essa noite. Não sirvo mais pra cantar, Tony, me renderei ao playback! (*pigarreia*) A minha garganta tá seca! Eu preciso gargarejar feito uma pororoca! Cadê o meu rum? Você viu o meu rum? (*senta-se nos degraus*)

TONY – Aqui está ele. (*brinca*) Cê acredita que o danado tava indo comprar cigarro? E eu disse: Rum, bora logo pra casa! (*entrega o copo da bebida*) Que "piti" foi esse, hein?! Será que Marte saiu de órbita? Tenha calma, criatura. Pra que ficar assim? A terceira guerra ainda nem começou, vamos deixar a Rússia em paz!

SELMA – Começou, começou sim, querido. (*bebe*) Você que tava em algum dos seus delírios lunáticos e não acordou. A paz aqui saiu de moda há tempos, meu filho. Se é que ela desfilou na nossa passarela algum dia.

TONY – Olha, com mais alguns ensaios eu acho que...

SELMA – Não, não, não, eu tô arrasada... Devo ter passado patê na hóstia! Cê não ouviu como eu demorei pra entrar no tom? Ou melhor, você viu as minhas derrapadas?

TONY – (*disfarça*) Nem percebi...

SELMA – Cê deve tá gripado, com os ouvidos entupidos e o caralho! E para de me enganar que eu não sou criança, entendeu? Quem come prego sabe o cu que tem, meu nego. Eu sou uma puta velha. Nem a menopausa me quer mais.

TONY – Não seja tão cruel com você mesma, criatura. Acende o abajur e sai logo dessa escuridão. Eu, hein?

SELMA – E como eu não vou me irritar, Tony? (dramática) Essa vida é ingrata com as mulheres que brigam com o destino infiel.

TONY – Epa! Que texto ruim é esse? Para de dar chiliques que você não é a Bette Davis! Até porque ela ganhou por duas vezes o Oscar de melhor atriz e foi considerada a segunda intérprete feminina de todos os tempos, perdeu injustamente para Katherine Hepburn. (*delira*) Brilhou em *Pérfida*; *Vaidosa*; *Dama por um Dia*; *Jezebel*; *Baby Jane*... Sabia dizer sempre a frase perfeita: "Envelhecer não é para mocinhas." (...) "Todo mundo tem um coração. Salvo algumas pessoas." (...) "Eu me casaria de novo se encontrasse um homem que tivesse uns quinze milhões de dólares e me desse a garantia de que estaria morto em um ano." (*ri*)

SELMA – Confesso que eu não sirvo pra ser cantora e muito menos pra ser atriz desses seus filmes afetados.

TONY – Selma, Selmita, Selmalândia da minha vida, escuta aqui: você acha que eu comprei a minha carteira da Ordem dos Músicos a preço de banana? Eu sou um pianista rodado, protegido por Santa Cecília, e conheço bem quem me acompanha. (*irônico*) Quem sabe a culpa é do piano, hein? É isso mesmo, a tábua harmônica não está amplificando bem os sons produzidos pelas vibrações das cordas. Ou quem sabe o erro é das "costelas", hãn? Estas malditas não devem estar reagindo à tensão das cordas na tábua harmônica e...

SELMA – Que cacete! Quer parar de me enrolar? (*derrotada*) O que é bom pra boca banguela é sopa! Eu sou é uma imprestável que brinca de ser cantora. Droga, por que eu não aceitei aquela vaga na farmácia lá da minha periferia? Ao menos daria pra roubar umas anfetaminas.

TONY – (*percebe o motivo da irritação*) Ligou pra ela?

SELMA – Pra quê?! Faz dez anos que ela não me atende. Chega. Desisti.

TONY – Pelos séculos que eu te conheço "desistir" não é palavra que more em seu dicionário. Você é ariana, igualzinha à minha diva Bette. Sol em Áries com ascendente em escorpião! Em breve, Vênus entra em Capricórnio e pode trazer uma ótima notícia e você sentirá um novo movimento neste seu coraçãozinho de pedra.

SELMA – Quer saber? Farei coisa melhor que essa sua astrologia de almanaque. Vou descer do salto com a certidão de nascimento daquela matusquela grudada no meu sutiã e esperar por ela bem na porta da escola.

TONY – Faculdade!

SELMA – É a mesma coisa. Pra mim ela ainda é uma criança. Vou dar as palmadas que ela nunca teve. Aquela pirralha precisa ouvir umas boas verdades. Ela esqueceu que saiu daqui, desta minha buceta. E pari sem frescuras, foi parto normal. Uivei feito uma loba! E de que adiantou? Me diz. De que adiantou? Mas agora tudo vai ser diferente!

TONY – Tem certeza?

SELMA – (*desanimada*) Quem tem?

TONY – Tem razão... Ninguém. Vamos trocar esse disco.

SELMA – Ah, Tony... Tony, Tony, meu amigo... Se eu tivesse certeza de alguma coisa você acha que estaria nesse bueiro? Qualquer dia eu acerto nas minhas tentativas de suicídio. Ligo o secador de cabelo debaixo do chuveiro. Quem sabe, assim, aquela ingrata aparece em meu velório com os olhos encharcados de remorsos e me pede desculpas?

TONY – Ihhh, que papinho é esse?

SELMA – A verdade é que eu nunca serei como a Dalva de Oliveira. Aquilo sim é que era uma cantora maravilhosa. Eterna diva.

TONY – Sabia que ela também passou por muitas dificuldades até ser coroada Rainha do Rádio em 52? Você tem que seguir em frente.

SELMA – Aquela baixinha tinha uma voz poderosa! Ia do contralto ao soprano. Quem me dera ser como ela... (*suspira*)

TONY – Um piano é composto de mais de 6 mil peças, mas para fazer com que ele seja um instrumento com alma capaz de encantar os mais delicados ouvidos, é preciso arte.

SELMA – (*irônica*) O difícil é ser artista com tanta peça quebrada... Haja fita crepe... Bem, chega de lamentações. Chega mesmo. A minha vida é essa. Cada um com seu Karma, fazer o quê?!

TONY – É isso aí! Vamos parar com esse trem e descansar um pouquinho no trilho.

SELMA – Tá na hora mesmo. Tô com um pouco de dor de cabeça. Tem mais rum?

TONY – Quer saber de uma coisa terrível?

SELMA – Tenho mesmo que saber?

TONY – O seu problema deve ser fome.

SELMA – Fome? A minha cara tá tão ruim assim?

TONY – Aposto que nem almoçou.

SELMA – (*ri*) Tem razão. Nem sei mais o que é esse luxo: almoçar! Na geladeira lá de casa eu só enxergo miragem! Tô até confundindo caroço de azeitona com frango assado.

TONY – A minha situação não tá melhor, meu bem. Não mesmo. Tô até esquentando a ponta da Bic pra ver se ela volta a escrever. Quer ver os "dólares" do pianista brasileiro? Estão todos furados pela pontaria do Giuliano Gemma!

SELMA – Ao menos você tem Y no nome, a numerologia tem que te ajudar mais rápido, Antônio Carlos! Quer uma dica?

Põe mais um, dobra. Abusa do desespero! (*soletra*) T-O-N-Y-Y Sanchez!

TONY – Pirou, mulher?! Assim eu vou acabar tocando pandeiro em circo paraguaio. Já não basta eu trabalhar na boate Faraó? Eu, hein? (*debocha*) Volta pro pão, carne louca!

SELMA – Vou até a cozinha ver o que este "estabelecimento" reservou para mim.

TONY – Calabresa com cebola ou cebola com calabresa.

SELMA – (*senta-se, arrasada*) Desse jeito vou rifar o meu estômago.

TONY – Tentei esquentar, mas tava horrível, argh, cheio de gordura! A cozinheira tá atrasada novamente. Se é que ela vem. Ontem tava com as varizes inflamadas. Vou até o bar da esquina morder um sanduba. Quer vir comigo? Eu divido com você, vamos... Deixa de ser orgulhosa.

SELMA – Orgulhosa, eu? Há tempos que eu não sei o que é isso, já tô até lambendo rabo de cobra. Eu te juro. Mas pode ir, meu querido...

TONY – Espera um pouco. Tive uma ideia.

TONY sobe numa cadeira e procura captar algo invisível no espaço.

SELMA – O que cê tá fazendo aí? Contando as rachaduras?

TONY – Apenas analisando a atmosfera. Clamando inspiração. Pelo tratado da física quântica determinadas coisas são verdadeiras mesmo quando aparentam não ser. Isso serve pra explicar o mundo em que vivemos: as partículas elementares da matéria, os átomos e sua estrutura, a origem e a evolução do universo como um todo.

SELMA – Sei... E daí?

TONY – Ora, "daí" é que esse miserê todo que tamos passando pode ser uma mera ilusão de ótica, entendeu?

SELMA – "Volta pra luz, Caroline"! Vai logo comer a sua gororoba que cê não tá batendo bem, homi. Eu prefiro ficar ensaiando mais um pouquinho. Ainda sou uma profissional. Eu acho.

TONY – Bem, você quem sabe, vou indo, pois ainda tenho que passar no hospital.

SELMA – Espera. (*pausa*) Já saiu o resultado do teste?

TONY – (*patético*) Amanhã... Amanhã será o grande dia da minha vida.

SELMA – Força, você é um grande guerreiro, não se esqueça disso.

TONY – Que nada... Sou um mortal sem previsão de aposentadoria... E a sorte deste velho plebeu caberá dentro de um pequeno envelope.

SELMA – Não há de ser nada. Vai dar negativo.

TONY – (*tenso*) E se não der, hein? E se eu tiver que...

SELMA – Eu já acendi as minhas velas.

TONY – Vou precisar de várias delas. E todas coloridas como o arco-íris.

SELMA – E como é que ele tá?

TONY – Quer mesmo saber? (*pausa*) Ele ainda tá meio confuso com toda esta história.

SELMA – É natural, quem não estaria? E ele ainda é tão jovem...

TONY – É o meu doce garotinho... O Thomas Mann sabia das coisas quando escreveu *Morte em Veneza*.

SELMA – Ai que triste...

TONY – Triste nada. Texto belíssimo. Essa obra foi imortalizada também no cinema pelo Visconti. Conta a história de um homem de meia-idade que viaja até Veneza, apaixona-se platonicamente por um jovem polaco, o Tadzio, extremamente atraente, e morre sem sequer ter trocado uma única palavrinha com ele...

SELMA – Só que no seu caso o "platônico" passou longe, né? Pois o senhor já se lambuzou horrores com esse tal rapazinho.

TONY – Detalhes íntimos que ninguém precisa saber, meu bem... Ah, como eu preciso daquele garoto...

SELMA – Você não existe, sabia? Mesmo depois de tudo o que ele te fez você ainda...

TONY – Ele "precisa" de mim. Não tem mais ninguém pra contar. Tá num momento delicado. Eu cuidarei dele até o fim. Não dá pra pensar em meu orgulho ferido. Não é o momento.

SELMA – E qual é o momento certo?

TONY – Depende. Tem gente que responde pelo avesso às nossas expectativas. Não tem lado certo.

SELMA – Mas tem o mais encardido.

TONY – Já conversamos sobre isto, esqueceu? Deixa esse aquariano aqui seguir o seu rumo. Preciso acreditar que tudo sairá da melhor maneira possível e que todos conseguirão seu pote de ouro no final do arco-íris! (*cantarola*) *Somewhere over the rainbow...*

SELMA – Mas escuta só mais uma coisinha, "Mágico de Oz": esses jovens de hoje em dia sempre acham que podem sair por aí e incendiar o mundo todo, até se queimarem com o primeiro isqueiro na banca da esquina, não é mesmo?

TONY – (*cantarola um pequeno trecho de "Esses moços", de Lupicínio Rodrigues*) "Esses moços, pobre moços/ Ah se soubessem o que eu sei/ Não amavam, não passavam/ Aquilo que eu já passei (...)"

SELMA – (*abraça ternamente o amigo*) Eu te adoro, sabia?

TONY – Ontem ele perguntou por você.

SELMA – Diz que amanhã eu irei lá, fazer uma visita. Ou melhor, um... Telegrama animado! Colocarei minha fantasia de gueixa e...

TONY – Não precisa exagerar, fofa! Pode ir à paisana mesmo. Sem maquiagem, sushi ou sashimi.

SELMA – (*brinca*) Nada disso, vou até levar as minhas "amigas".

TONY – Não! Você tá louca?! Aí é que ele piora de vez.

SELMA – Elas dão sorte, seu tonto.

TONY – Não duvido, mas prefiro que elas descansem em sua caixinha, ok?

SELMA – Olha, se você precisar de alguma coisa eu...

TONY – Fica tranquila, você já tem os seus problemas que não são nada coloridos. Eu tô bem, na medida do possível. Sobreviveremos.

SELMA – Mas eu quero te ajudar, você não pode assumir essa barra toda sozinho. Rapadura é doce, mas não é maria-mole, não, meu nego!

TONY – Você já me ajuda com os ensaios e ficando com esta sua boquinha fechada.

SELMA – O que você quer dizer com isto?

TONY – Que a sua boca é uma matraca violenta!

SELMA – Seu cu!

TONY – (*grita*) Ui! (*pausa*) E chega de discutir com o Seu Gouvêia, hein? Bem ou mal

precisamos desses trocadinhos. É o que temos pra hoje. E pra amanhã também.

SELMA – Você sabe que eu tenho o pavio curto e além do mais aquele velho safado me...

TONY – (*censura*) Olha... Você prometeu que...

SELMA – Tá bom... Tá bom... Eu vou tentar. (*pisca o olho*)

TONY – Será que já acabou a greve?

SELMA – Ouvi no rádio que deve durar até amanhã, os motoristas estão irredutíveis.

TONY – E, enquanto isso, esta cidade vira um caos!

SELMA – Mais do que já é? Cidade de merda! Já nem ando mais de tamancos com medo dos buracos da rua. A Rochelly foi assaltada ontem, bem no centro, perto do viaduto, em plena luz do dia.

TONY – Nossa, logo a Rochelly, coitada, tão precavida... Tava toda contente ontem porque conseguiu entrar na fila da cirurgia no SUS. Bicha corajosa. Vai ficar sem os penduricalhos. Em breve vai ser mulher em tempo integral.

SELMA – Ela esperava ser assaltada só com os preços do mercado. O moleque foi esperto e levou aquela pochete rosa-choque.

TONY – Bem, cá entre nós, não é porque é ladrão que não precisa ter bom gosto, né? Aquela pochete era hor-ro-ro-sa!

SELMA – Tem gosto pra tudo, meu filho. Só não dá pra gente aguentar é essa falta de proteção.

TONY – Nessas horas me dá vontade de ir pra lua, explodir no espaço. Bum! Aqui a gente parece formiga, andando neste mormaço da rua, correndo atrás de um pouquinho de açúcar. Isso é terra de todo mundo e de ninguém. Mas o pior é que eu gosto daqui, sabia? Barulho, caos, buraco, fila, poluição... Tá pronto o meu coquetel molotov! Eu confesso: gosto mesmo disso aqui. Acho essa cidade uma belezura.

SELMA cantarola um trecho da música "Garota Solitária" gravada pela Ângela Maria.

SELMA – Será que eu sou feia?

TONY – Não é, não senhor!

SELMA – Então eu sou linda?

TONY – Você é um amor!

SELMA – Respondam, então, por que razão/Eu vivo só, sem ter um bem...

TONY – Você tem o destino da Lua/Que a todos encanta e não é de ninguém.

SELMA – Ah, quer saber? Acho que viver ainda vale a pena, sim.

TONY – "O significado da vida é que algum dia ela acaba", já disse Kafka.

SELMA – Faz sentido. Esse "árabe" aí sabe das coisas, hein?

TONY – (*desconversa*) Bom, ainda bem que o hospital é aqui perto, vou a pé! Nos veremos logo mais, tá bem? E capricha no seu visual pra seduzir os fregueses, já que tá desafinada mesmo.

SELMA – Valeu pelo "incentivo". Vou usar aquele pretinho básico.

TONY – De novo, mulher? Parece até que é a viúva negra. Cruz credo, eu hein?

SELMA – É o único que eu tenho, esqueceu? Já passei a ferro e tudo.

TONY – Bom, eu não sou nenhum Balenciaga, Dior ou Yves Saint Laurent, mas caprichei emendando uns retalhinhos pra você usar logo mais... A surpresinha fashion tá ali atrás do balcão. Depois você experimenta. Acho que calculei bem as suas medidas.

SELMA – Ah, agora tenho certeza de que a senhora é mesmo a minha fada madrinha.

TONY – Pena que a varinha de condão que eu seguro nessa história é bem pequenininha, por mim, podia ser um rolo compressor. Ah, esconda logo este vaso quebrado, senão o velho nos põe na cadeia.

SELMA – Ah, ele que se foda!

CENA 2
PUS FIM EM ALGUMAS GOTEIRAS ABUSADAS

SELMA tenta catar os cacos de vidro e volta a cantar, depois de um tempo ouve um barulho e para assustada.

SELMA – Quem tá aí? (*não ouve resposta*) Tem alguém aí?

Aparece um homem desajeitado, com um gorro na cabeça. Segura uma caixa com ferramentas.

OSVALDO – Com licença...

SELMA – (*assustada*) Nossa, que susto! Quem é o senhor? Como é que apareceu aqui?

OSVALDO – Calma, dona, eu...

SELMA – Como, calma? Acha que pode ir entrando assim, sem avisar? Onde já se viu?

OSVALDO – A coisa não é bem assim... Eu só tava...

SELMA – Como não é bem assim? Assado é que não é. Isto é um absurdo!

OSVALDO – É que eu...

SELMA – Não se mexa! Vou chamar a polícia.

OSVALDO – Não, o que é isso? Polícia... Tá louca?!

SELMA – Indefesa!

OSVALDO – Mas eu só tava...

SELMA – Me espiando, eu sei.

OSVALDO – Eu?!

SELMA – Deve gostar de espionar mulheres solitárias, não é? Seu tarado!

OSVALDO – (*sem entender*) Oi?!

SELMA – Mas isso não vai ficar assim... E não tente se aproximar de mim que eu grito, hein!

OSVALDO – Mas, que que é isso, dona? (*entediado*) Puta que pariu... Eu mereço!

SELMA – Quem foi que deixou o senhor entrar aqui? Nós só abriremos pro público mais tarde. Não leu a placa na entrada?

OSVALDO – Eu já tava aqui.

SELMA – Como assim, um assaltante?! (*recua*) Ai, meu Deus!

OSVALDO – Calma... Fica quieta. (levanta a maleta)

SELMA – Por favor, não se aproxime.

OSVALDO – Pra que essa histeria?

SELMA – (*grita*) Socorro!

OSVALDO – Cala essa boca!

SELMA – (*grita mais alto*) Socorro!

OSVALDO – (*assustado*) Eu sou o encanador!

SELMA – (surpresa) Encanador?

OSVALDO – Tava fazendo uma revisão nas "tubulação".

SELMA – Tubulação?!

OSVALDO – É. O sistema hidráulico tava todo estragado e fedido pra caramba. Demorei mais do que esperava. Devia ter cobrado mais caro por isso.

SELMA – (*irônica*) Poxa, que interessante um encanador de verdade na minha frente...

OSVALDO – Decepcionada?

SELMA – Não, imagina...

OSVALDO – Se preferir, eu posso também me apresentar como motorista. Já dirigi muita lotação. Também já fui auxiliar de serviços gerais, jardineiro e zelador de prédio. Pra coveiro falta pouco.

SELMA – (*desinteressada*) É mesmo? Um assaltante, com a fortuna que tenho na bolsa, seria mais novidade.

OSVALDO – Assaltante... Essa é boa! Até que seria uma solução pras minhas dívidas. Este mês eu tô ferrado, meu carango tá na oficina há mais de três meses, sem chance de resgate.

SELMA – Cada um com seus problemas, meu senhor.

OSVALDO – É, vamo indo em frente que atrás sempre vem coisa quente pra arrochar a gente.

SELMA – (*irônica*) Um poeta?! Mas que sensível! (*bate palmas*) Agora, depois deste sarau, o senhor já pode ir se retirando, viu?

OSVALDO – Eu já tô de saída, minha senhora. Vô "picar minha mula"!

SELMA – Ótimo! Cuidado com os degraus. A madeira tá torta.

OSVALDO – Não se preocupe. (*pausa*) Esse prédio já tá todo caindo aos pedaços mesmo. Deviam era demolir este pardieiro... Cê não acha?

SELMA – Isso não sou eu quem resolvo, meu senhor!

OSVALDO – Tampouco eu.

SELMA – Sou apenas uma artista.

OSVALDO – Eu sei.

SELMA – (*surpresa*) Me conhece?!

OSVALDO – Não... mas notei logo que a senhora era... diferente.

SELMA – (ofendida) Como assim, "diferente"?

OSVALDO– Sei lá, diferente e pronto. Fora do normal.

SELMA – Cê tá me chamando de exótica? Extravagante? Maluca? É isso mesmo?

OSVALDO – Mas que ideia... Só ouvi a senhora cantarolando. Achei supimpa.

SELMA – (*irônica*) Supimpa?! Isso é mais enferrujado que a minha vó! (*muda de assunto*) Já acabou o servicinho?

OSVALDO – Pus fim em algumas goteiras abusadas.

SELMA – Ótimo, agora eu preciso continuar o meu ensaio. Se aparecerem novas goteiras eu abro a minha sombrinha.

OSVALDO – Não vai pingar mais nada. Confio no meu taco!

SELMA – Ah, que ótimo! O senhor já pode sair. E pode levar o seu "taco" também.

OSVALDO – Era exatamente isto que eu tava tentando fazer, mas não consigo.

SELMA – Como não? A porta é logo ali.

OSVALDO – Não dá pra sair. Achei que a chave tivesse com a senhora.

SELMA – A minha cópia eu havia deixado com... Ah, eu não acredito que aquele cretino... Vou deixar todos aqueles dedos tortos. E o piano também!

OSVALDO – Puta merda! (*chateado*) Então tamos mesmo trancados.

SELMA – Trancados?! E agora? Eu precisava passar no mercado, dar uns telefonemas e...

OSVALDO – Vai dizer que aqui não tem telefone?

SELMA – Foi cortado há meses. (*dramática*) Ai, meu Deus, e agora, como é que eu vou sair?

OSVALDO – Ninguém tem mais pressa do que eu pra sair daqui, dona. Vivo de bicos e bicadas. Tenho mais três lugares pra visitar hoje, meu carro tá na oficina, meu celular tá sem crédito, essa greve de ônibus ainda deve durar muito tempo e eu acho até bom, pois não se brinca com os direitos do povo... E além do mais...

SELMA – (*novamente irritada*) Além do mais o quê?! Chega de falatório, pare de resmungar, homem!

OSVALDO – Quem é que tá tagarelando aqui? Ah, não enche, pô!

SELMA – E ainda por cima sou obrigada a ouvir lero-lero de um... de um...

OSVALDO – De um o quê?

SELMA – Desconhecido!

OSVALDO – (*irônico*) Agora a senhora vai ter muito tempo pra me conhecer... Não tem a merda da chave! Estamos trancados. Só nós dois... (*chateado*) Bacana, não? (*tira a touca e joga no chão*)

SELMA – Tem de haver uma droga de solução.

OSVALDO – Tive uma ideia. Vou pegar o martelo. Arrombo esse troço agora mesmo.

SELMA – (*dramática*) Só se o senhor me dilacerar primeiro. Marreta aqui o meu peito, vai! Se quebrar esta porta o prejuízo sairá do meu salário... Por favor, se contenha... Logo, logo, aparecerá alguém. Eu prometo.

OSVALDO – Tô fodido... Que é que eu vou fazer agora?

SELMA – O senhor pode ficar ali naquele cantinho, certo? Bem quieto. Eu tenho mais o que fazer.

OSVALDO – Ah, essa é boa... Não tenho dúvida que tem. A senhora pode começar procurando essa porra da chave.

SELMA – Ninguém manda em mim não, tá me entendendo? Que ousadia! O senhor é que parece um... um... um...

OSVALDO – (*desafiando*) Um... um o quê?

SELMA – Desocupado!

OSVALDO – Escuta aqui, ô belezura: por acaso eu tenho cara de vagabundo?

SELMA – Depende.

OSVALDO – Tô fazendo o meu serviço, sabia? Trabalhando honestamente. E ainda por cima tenho que aturar desaforo de mulher. Se situa, ô dona!

SELMA – E por acaso é agradável pra mim ficar presa com um... um...

OSVALDO – Ai, meu São Cristóvão, dai-me paciência!

SELMA – (*interessada*) O senhor é católico?

OSVALDO – Nas horas vagas e de emergência.

SELMA – Então comece a rezar.

OSVALDO – Tem de aparecer alguém.

SELMA – Daqui a pouco a cozinheira ou algum outro empregado deve aparecer com a chave. Enquanto isso vamos nos "suportando".

OSVALDO – Será que não tem uma cervejinha dando sopa por aí?

SELMA – O freezer tá trancado. Já pensei nisto. O dono disso aqui é um mão-de-vaca, miserável!

OSVALDO – Pena... Uma geladinha ia ser a minha salvação nesse calor. (*pausa. Puxa assunto*) Parece até piada esta situação, não é? Cê sabe a diferença da mulher pra cerveja? (*pausa*) É que a cerveja não tem dor de cabeça, não tem ciúmes se você olhar pra outra e podemos pegar várias sem assumir nenhuma! (*ri*)

SELMA – (*irritada*) Ah é? E o senhor por acaso sabe o que têm em comum as datas de aniversário, o vaso sanitário e o clitóris? (*pausa*) Os homens sempre erram!

OSVALDO – Ok. Agora chega de gracejo, tá bom? (*pausa. Entediado*) Que dia mais besta... E ainda por cima com este mormaço infeliz!

SELMA – Ontem tava pior.

OSVALDO – Mas ontem eu tava na rua. Podia respirar a poluição. Isso aqui tá muito abafado, hein? Nem um ventiladorzinho. (*tenta tirar a camisa*)

SELMA – (*olha para ele, horrorizada*) Mas o que é isso?

OSVALDO – Isso o quê?!

SELMA – Mas onde é que nós estamos? Que mundo é esse?

Por onde anda o bom-senso? O senhor poderia se recompor? Sou uma mulher de respeito, sabia?

OSVALDO – Mas o que é que eu fiz?

SELMA – O senhor está desnudo!

OSVALDO – E por acaso a senhora nunca viu um homem sem camisa? Tá no celibato?

SELMA – Escuta aqui: a minha intimidade não é da sua conta, tá me entendendo? E vamos
parar com esse assunto.

OSVALDO – Quanta brabeza, hein? Pronto, já calei! Vou ficar aqui no meu canto.

SELMA – (*grita*) Cuidado com esta caixa!

OSVALDO– Calma, eu só ia...

SELMA – O senhor quase derruba.

OSVALDO – Eu não vi este trambolho.

SELMA – Inconveniente!

OSVALDO – (*irônico*) Eu ou a caixa?!

SELMA – Como pode não ter visto?

OSVALDO– Esse troço tava bem no meio do caminho.

SELMA – Você quase derrubou... Seu estúpido!

OSVALDO – Tá nervosinha de novo?

SELMA – Ainda não. Quando estou nervosa costumo ser pior, o senhor não me conhece! (*áspera*) Sai da minha frente. (*pega a caixa com cuidado*) Vou colocar ela aqui, está menos abafado.

OSVALDO – (*desconfiado*) Quer ajuda?

SELMA – Não, eu posso fazer sozinha. Obrigada. (*pausa*) Pronto, aqui está mais segura.

OSVALDO – Será que não tem outra guardada?

SELMA – Não, guardo só essa. Uma caixa grande é suficiente.

OSVALDO – Tô falando da chave.

SELMA – Ah, desculpa. Não. Sempre teve uma só.

OSVALDO – Caralho!

SELMA – Daria pro senhor ser mais sutil no linguajar?

OSVALDO – Porra, foi mal... (*pausa*) A senhora canta muito bem, sabia?

SELMA – (*convencida*) Obrigada.

OSVALDO – Quer um pouco de conhaque? Trago sempre comigo. Sei que é bom para a voz. Já fiz muita seresta na juventude. (*abre uma garrafinha que tem no bolso*) Tô precisando esquentar os joelhos. Chega certa idade em que os músculos ficam preguiçosos. (*ri*) Sabe que a sua voz me deixou "baqueado"? Se eu tivesse, assim, em alto-mar o meu navio teria afundado devido ao seu canto de sereia. (*aproxima-se dela*)

SELMA – Jura? Pois saiba que eu tenho mais vocação pra piranha afônica, meu filho. Só me ofereceram este emprego porque não havia concorrência. Ninguém com o juízo perfeito e um pouco de voz cantaria nesta espelunca.

OSVALDO – Mas a sua figura, assim, nesse palco, é algo bom pra caralho!

SELMA – (*envaidecida*) Mesmo?

OSVALDO – Parece até aquele frio na costela quando a gente se arrepia.

SELMA – (*distancia-se dele*) Nesta escuridão ninguém me enxerga. Talvez o cliente menos bêbado consiga decifrar a cor da minha peruca.

OSVALDO – Castanha.

SELMA – Ruiva, errou, eu jamais usaria uma peruca castanha. É muito comum.

OSVALDO – É que este lugar é um pouco escuro... não dá pra ver direito.

SELMA – Acho que vou aceitar o conhaque.

OSVALDO – Opa! Será um prazer. Pode tomar. (*entrega-lhe o copo*)

SELMA – (*senta-se no chão do palco*) A minha garganta tá um deserto! (*toma todo o conhaque*)

OSVALDO – Nossa, cê tem uma sede de macho, hein?

SELMA – O senhor tá insinuando que eu sou uma travesti?

OSVALDO – É claro que não! Que é isso, dona... Desculpa aê...

SELMA – Melhor assim.

OSVALDO – É claro!

SELMA – O quê?

OSVALDO – A cor da sua peruca. É claro que é ruiva. Eu devo ser "daltrônico".

SELMA – Não se preocupe, todos se confundem. (*pausa*) Posso te contar um segredo? (*mexe no cabelo*) Isto não é peruca. É cabelo mesmo!

OSVALDO – Como assim?!

SELMA – Eu digo que é peruca pros homens terem a ilusão que existe algo melhor escondido. É melhor prevenir, sempre.

OSVALDO – Cê não precisa desses disfarces. A sua voz leva qualquer homem pra longe.

SELMA – Cuidado, que eu não sou caçamba!

OSVALDO – (*irônico*) A dama é sempre braba assim ou tá chupando limão?

SELMA – Gengibre.

OSVALDO – Cê me lembra aqueles mulherões que dançava no circo que eu via quando era menino.

SELMA – E por que não continuou no circo dividindo a cena com o chimpanzé?

OSVALDO – Não sou muito chegado em bananas. Prefiro os melões! (*ri e põe as mãos no peito*)

SELMA – O senhor é mesmo muito vulgar. Não tem a menor classe.

OSVALDO – Pois fique sabendo que a minha brilhantina é da melhor qualidade, meu sapato anda sempre engraxado, sou meio barrigudo, mas não tenho "pneus" e fui campeão de futebol de salão há vinte anos, sabia? O troféu ficou comigo no sorteio, o time inteiro morreu de inveja. Tive muita sorte.

SELMA – Só eu que sou uma azarada, sempre sonhei que apareceria na minha vida um produtor que me transformaria numa estrela de algum musical. E, como num passe de mágica, aqui estou! Neste subsolo empoeirado, tendo algumas baratas como vocalistas.

OSVALDO – Quem sabe não seja a minha pessoa este tal de produtor?

SELMA – O senhor?! (*ri*) Só se for para produzir a minha carreira na cozinha usando a lata de óleo como microfone... Prefiro ficar com as minhas aranhas.

OSVALDO – Como?!

SELMA – Tenho uma coleção delas. Tarântulas.

OSVALDO – Cê tá falando sério?

SELMA – Por que o espanto? Estão guardadas ali.

OSVALDO – Naquela caixa?

SELMA – São as mais novinhas, vieram passear um pouco.

OSVALDO – Verdade?

SELMA – Elas me dão segurança.

OSVALDO – As aranhas?

SELMA – Tá assustado?

OSVALDO – Bem, é que não é muito comum alguém sair por aí andando com aranhas de estimação.

SELMA – As tarântulas são seres inofensivos, solitários, assim como eu.

OSVALDO – (*com asco*) São nojentas!

SELMA – Maldade sua. (*pausa*) São apenas incompreendidas. Elas levam uma vida sedentária, em particular as fêmeas, que só muito raramente se afastam da entrada da sua toca. Elas trazem boa sorte para o lar. E matar uma aranha pode causar infelicidade no amor, sabia?

OSVALDO – Então já devo ter matado alguma sem saber. Mas por que você guarda essas coisas?

SELMA – Fizemos um acordo. Cuidamos umas das outras. Entende?

OSVALDO – Acho que a senhora não bate muito bem da bola.

SELMA – Só porque sou diferente? Elas são importantes pra mim.

OSVALDO – Não podia arranjar outra diversão? Dizem que fazer palavras-cruzadas é bom. Ajuda na memória.

SELMA – Ah, deixa pra lá, o senhor não entende. Nunca vai aprender. O senhor é mais bronco do que eu pensava. Essas aranhas são a minha melhor companhia. Acha que é fácil viver sozinha numa cidade desse tamanho?

OSVALDO – Neste ponto eu concordo com a senhora. Eu

também passo por isso, é difícil mesmo. Nem sei o que tô fazendo aqui nessa perdição de lugar, devia era ter ficado lá no interior como os meus irmãos. Trabalhar em açougue é mais agradável do que mexer em esgoto. Lá eu ia tratar da carne, aqui os "homi" quer fritar a minha! Olha só: tenho um braço, uma mão e cinco dedos, cinco destinos diferentes, e nenhum me levou a um lugar que prestasse. Só caio em cilada.

SELMA – Olha, eu falei por falar e...

OSVALDO – Tudo bem... A senhora tem razão, eu sou uma mula mesmo!

SELMA – Ora, eu não quis dizer isso... (*percebe algo nele*) Como o senhor se chama?

OSVALDO – Osvaldo.

SELMA – Com "w"?

OSVALDO – Como?

SELMA – Oswaldo com "w"?

OSVALDO – Não com "v" mesmo.

SELMA – Pena.

OSVALDO – Por quê?

SELMA – Osvaldo com V é comum demais.

OSVALDO – De qualquer jeito taria na mesma merda. Quando eu era pirralho tinha uma vó meio cega, cheia de cabelo branco, feito aquelas bruxas das histórias, sabe? Ela pegava na minha mão de moleque e dizia que eu ia ter muito sucesso na vida. Eu achava que era verdade. Tanto que eu fugi de casa – só de chinelo – em cima de um caminhão que entregava mantimentos no armazém. Fui bem no meio das galinhas, mas nenhuma me dedurou. Queria era uma vida diferente, conhecer a cidade grande, ter sapato engraxado e camisa bem passada, longe daquela vida bolorenta. (*pausa*) Hoje tenho certeza que eu tava mais cego que a minha vó.

SELMA – (*olha para ele com certo interesse*) O futuro a Deus pertence! Cê ainda tá forte pro trabalho e ainda não morreu. Pega carona em outro caminhão. Tem muita estrada boa aí pela frente. E, às vezes, nem paga pedágio.

OSVALDO – Nunca tive medo da morte, sabia? Nunquinha. Mas, ultimamente, eu ando meio sem coragem pra vida. Tem dias até que acordo com aquele gosto de "magnésia" na boca. Tenho saudade daquele menino com as galinhas. No meio de tantas penas eu até achava que podia voar como elas.

SELMA – E galinha voa?!

OSVALDO – Ôxe, mas é claro que voa! Galinha voa, sim... Voa baixo, mas voa. Voa sim... E tem tanta gente que pode voar e não sabe... Falta a tal da coragem.

SELMA – Me dá um cigarro? (*pausa*) Não... Não precisa acender. Eu já parei de fumar. É só pra fingimento mesmo... Deixo assim quietinho no canto da boca. Muito obrigada.

OSVALDO – A dona nunca se casou?

SELMA – Já tive o meu príncipe... Que virou sapo. Ou melhor: crocodilo! Um safado-filho-da-puta-filhote-de-cruz-credo! (*engasga-se com a fumaça*)

OSVALDO – Pelo visto esse cara te deixou mal, hein?

SELMA – Me abandonou quando eu tava grávida. Entre outras cositas mais. (*toma mais uma dose*) Que o diabo o tenha.

OSVALDO – Mas, então, você tem um filho?

SELMA – Filha. Uma filha.

OSVALDO – Tem fã garantida, então.

SELMA – Ah, antes fosse. O destino não me foi muito generoso. (ri de forma sarcástica) Ela não quer saber de mim nem morta, ainda acha que sou uma vadia. (pausa) Uma filha que não atende as minhas ligações... E eu só queria levar ela de novo no zoológico, desejar um "Feliz Natal", um "Parabéns", ou saber se ela leva preservativo na bolsa. (pausa) Acho que a safada tem é vergonha de mim, sabe? É isso mesmo.

OSVALDO – Filhos... Eu nunca tive filhos. Não que eu saiba.

SELMA – Melhor pra você. (*pausa*) Eu sei que já fiz muita besteira nesta vida, muita mesmo. Já fui puta, biscateira, muambeira, cartomante, evangélica, vendedora de Avon... Passei fome, pedi fiado, dormi na rua. Já até apanhei de macho, mas o safado levou também. Não deixei barato, não! De algumas burradas eu até me arrependo, sabe?

OSVALDO – Nem me fale... Somos dois!

SELMA – Já fiz coisa mais esquisita que letra de médico! Mas, nunca, nunca deixei faltar nada pra minha filha enquanto ela dependia de mim. Guardei muita sobra de sabonete pra fazer uma bola só, sabe? Pra economizar... Fui uma leoa em vários momentos difíceis e não vacilei nem um minuto sequer. Mas agora... Sou a múmia da boate Faraó. Bem, nem sei por que eu estou falando nestas coisas agora.

OSVALDO – Não faz mal... Pode falar que eu escuto. Pode seguir.

SELMA – Esquece.

OSVALDO – *(levanta-se e mata uma barata no chão.)* Pronto. Matei.

SELMA – (*irritada*) Por que o senhor fez isso?

OSVALDO – Vai me dizer que gosta de barata também?

SELMA – Não, eu tenho horror a baratas! São diferentes das aranhas.

OSVALDO – Por isso matei.

SELMA – Deveria ter esperado o grito.

OSVALDO – Grito... mas que grito?

SELMA – Nos filmes, nas novelas, a mocinha sempre grita quando existe o perigo e logo depois é salva. Mas o senhor foi apressado. Não esperou que eu gritasse.

OSVALDO – Não seja por isso. Tem outra bem ali.

SELMA – (*grita dramaticamente*)

OSVALDO – (*frustrado*) Porra, ela fugiu! Acho que não levo jeito pra herói não, dona! Esquece.

SELMA – Tudo bem. Foi bom ter gritado mesmo assim... Gritar é terapia de pobre, lava a alma. Também queria gritar pelos ônibus lotados, pelas filas nos postos de saúde, pelo lixo nas ruas, pela falta d'água e... pelas filhas que ignoram as mães. (*pensativa*) Elas deixam traços da sua passagem.

OSVALDO – As filhas?

SELMA – As aranhas. São solitárias e noturnas como eu. Durante o dia ficam isoladas em esconderijos. (*pega a caixa e senta-se no chão*)

OSVALDO – Então a dona também costuma se esconder?

SELMA – Algumas vezes. Na sua toca as tarântulas tão bem protegidas. Elas são muito calmas e pra atacar, é preciso que elas se irritem muito, mas a sua picada é dolorosa!

OSVALDO – Ouvindo você falar assim os homens devem pensar duas vezes em chegar perto.

SELMA – Das aranhas?

OSVALDO – De um mulherão assim feito a senhora.

SELMA – Segundo algumas tradições as aranhas são sinais de boa sorte.

OSVALDO – Tomara que a dona esteja certa, porque teia é o que não falta neste lugar, veja só aquelas ali.

Som cristalizado.

SELMA – São lindas, não?

OSVALDO – Parece sujeira!

SELMA – Eu sei que também tenho o meu percurso traçado, deixo marcas onde piso.

OSVALDO – Eu não gosto de deixar pegadas, não... sabe que desde pequeno eu sempre fui desconfiado? Eu crio codornas, mas nunca expectativas. Nunca dei mole pra nenhum malandro tirar vantagem da minha vida. Mulher que é muito boba adora ser enganada.

SELMA – Epa! Como assim?!

OSVALDO – A minha mulher assistia uma novela antiga que tinha um charlatão que enganava todo mundo dizendo que era vidente. Não perdia um capítulo. Adorava o safado.

SELMA – Era o Francisco Cuoco! O Astro... Ele tava lindo naquela novela... Um pão.

OSVALDO – Tá vendo só? Toda mulher gosta de ser enganada.

SELMA – Iludida. A mulher gosta de ser iludida. Enganada, não! (encosta-se na parede)

OSVALDO – Cuidado!

SELMA – (*assustada*) O que foi?

OSVALDO – Esse fio. Tá solto. (*sobe numa escada e ajeita a fiação*) Porra, isto é um perigo! Esse lugar parece assombrado!

SELMA – (*grita*) Minhas aranhas!

OSVALDO cai com a perna presa no fundo do palco. Outras aranhas caem do teto, como chuva. Música delicada e hipnótica. A cena recebe uma iluminação especial.

OSVALDO – Merda!

SELMA – Elas tão caindo do teto, veja!

OSVALDO – Tô preso!

SELMA – Elas estão vindo do céu.

OSVALDO – Tô preso, me ajuda aqui!

SELMA – Não é maravilhoso? Sinta.

OSVALDO – (*assustado*) Elas tão me atacando! São muitas. Não consigo sair.

SELMA – Calma. Tente relaxar.

OSVALDO – Minha perna... Parece que torci o tornozelo. Tá doendo, caramba!

SELMA – Elas só querem brincar.

OSVALDO – Tô preso... Faça alguma coisa, mulher!

SELMA – Há muito tempo que elas não aparecem assim.

OSVALDO – (grita) Que porra! Isso é loucura! Essas coisas não param de cair!

SELMA – Elas não fazem mal.

OSVALDO – Me ajuda a sair daqui.

SELMA – (*conversa com as aranhas*) Fiquem quietinhas, meninas.

OSVALDO – Prefiro essas coisas presas na caixa.

SELMA – Elas me fazem companhia.

OSVALDO – Pobrema seu!

SELMA – Você não entende? Se elas apareceram assim, de repente, é um sinal!

OSVALDO – Sinal? Que sinal?

SELMA – O melhor sinal... O maior de todos. Algo de bom vai acontecer!

OSVALDO – Por aqui? Tá difícil... Só milagre. (*geme*)

CENA 3
COM QUEM VOCÊ TÁ FALANDO?

Surge a FILHA. Corre em direção a SELMA.

FILHA – (*com voz infantil*) Mãe...

SELMA – (*emocionada*) Senta aqui, filha, agora a mamãe tem tempo de responder todas as perguntas do mundo pra você! Sabia que eu ainda guardo aquele frasco de Alfazema?

OSVALDO – Tá falando sozinha? Cê não bate bem, mesmo...

OSVALDO – Com quem cê tá falando?

FILHA – Não gosto, mãe, não adianta. Ela é muito amarga e arde. A gente nunca consegue acabar de descascar, tem muitas voltas e irrita o olho. Por que será que inventaram esta tal de cebola no mundo, hein?

SELMA – (*chora*) Deve ser pra gente chorar mais, filha.

OSVALDO – Tá doida... Surtou?! Tem mais essa agora!

FILHA – Sabe que meus colegas da escola nunca ouviram essas músicas que a senhora canta pra mim na hora de dormir?

SELMA – Explica pra eles que são pérolas pros ouvidos, coisas raras, que quase não tocam nas rádios, mas fazem você sonhar. Toda noite.

FILHA – Eu quero ser bonita, mas acho que eu nunca vou beijar na boca. Nunquinha. Deve ter cuspe no meio. E quando eu crescer, vou virar uma astronauta mulher e andar sozinha, lá no espaço, com meu capacete trancado pra ninguém poder me beijar. Vou morar na lua.

SELMA – Vai, mas volta... Senão vou lá te buscar, hein?

OSVALDO – Isto aqui é mesmo mal–assombrado!

FILHA – Passei direito esse batom? Tá borrado? Gosto desta cor, deixa a minha boca mais viva, né? (...) A senhora viu onde deixei o meu diário? Aquele da capa azul com adesivos. Tava aqui em cima da mesa. (...) Tá bom, eu sei que, às vezes, sou um pouco bagunceira, mas é que...

SELMA – Eu coloquei ali na estante, perto do cinzeiro. Você tinha esquecido debaixo da mesa, sua tontinha. Qualquer dia desses vai guardar o sabonete na geladeira e o sapato no fogão!

FILHA – Não dá pra andar mais rápido, mãe, este sapato tá muito apertado! Precisa comprar um novo. Eu posso correr descalça?

SELMA – Cuidado pra não cair!

OSVALDO – Mas eu já tô no chão!

FILHA – É bem mais divertido assim! (*livra-se dos sapatos*) Tá muito boa essa chuva, mãe... Prometo que não vou ficar gripada. Quer apostar uma corrida? Eu sempre ganho mesmo... Eu vou lá até aquele posto e já volto, tá bom?

SELMA – Eu te espero. Tarei sempre aqui te esperando. Espero por toda a vida, filha...

OSVALDO – (*grita*) Alguém me ajuda aqui, caralho!

CENA 4
UM CAFUNÉ É BOM E NÃO CUSTA NADA

OSVALDO – (*cai*) Ai, ai, ai... Acho que dei um jeito na perna. Tô ferrado.

SELMA – Nunca apareceram tantas. Você viu?

OSVALDO – Acho que torci. Merda!

SELMA – Parecia uma festa!

OSVALDO – Tô todo fodido!

SELMA – Gosto quando elas aparecem.

OSVALDO – Se eu contar ninguém vai acreditar em mim. Parece um pesadelo.

SELMA – É um sonho. Sinta!

OSVALDO – Sonho o cacete! Foi alucinação. Cê tá doida, mulher?

SELMA – Relaxe, vamos. Sinta como é bom.

OSVALDO – Tô tonto.

SELMA – Elas apareceram pra você também. Vieram até você.

OSVALDO – Isso não pode ser verdade.

SELMA – Sorte. Teremos sorte.

OSVALDO – (*aliviado*) Estão sumindo. A assombração acabou.

SELMA – Sim, foi só uma visita breve. Talvez elas voltem amanhã.

OSVALDO – (*grita de dor*) É melhor elas sumirem de uma vez. Tem coisa que é melhor não lembrar!

SELMA – Não seja ingrato. A culpa foi sua que caiu da escada. Vem, deixa eu te ajudar. (*segura a perna dele e massageia*)

OSVALDO – Isso foi de verdade ou foi o tombo da cabeça que me deixou doido? Me belisca... (*pausa*) Ai, assim dói, caramba!

SELMA – Fica quieto, homem, deixa de frescura.

OSVALDO – (*insinuante*) Poxa, você tem mãos de espuma... Macias... Deu até vontade de cair de novo pra você cuidar de mim, viu?

SELMA – Vamos deixar de conversa fiada, hein? Que eu não quero confusão pro meu lado.

OSVALDO – Um cafuné é bom e não custa nada.

SELMA – (*irônica*) E onde é que tá a sua esposa, hein? Brigaram?

OSVALDO – Antes fosse.

SELMA – O que aconteceu?

OSVALDO – Não sei.

SELMA – Tudo bem, não é da minha conta mesmo.

OSVALDO – Num gosto muito de falar sobre isto. É coisa minha.

SELMA – Desculpa. Eu fui intrometida. (*disfarça*) Vou até o depósito ver se encontro outra
chave.

OSVALDO – Espere. (*pausa*) É que eu tenho vergonha de contar.

SELMA – Um homem desse tamanho com vergonha? Até parece!

CENA 5
EU VOU ESQUECER O CAMINHO DE VOLTA

OSVALDO – Um dia de manhãzinha ela me disse...

ESPOSA – (*surge na penumbra*) Marido, eu vou embora.

OSVALDO – Assim, desse jeito. Sem, ao menos, preparar o meu café com rapadura ou esperar eu escovar os dentes. Ela repetiu...

ESPOSA – Marido, eu vou embora.

SELMA – Te abandonou?

OSVALDO – Fria e calculista como toda mulher de malandro. A lambisgoia jogou água no meu chope!

ESPOSA – Marido, eu vou embora.

SELMA – Assim, sem motivo?

OSVALDO – Nenhum.

SELMA – Sei não, viu? No mínimo você dava uns safanões nela.

OSVALDO – (*ri*) Eu?! Não acerto nem em mosca.

SELMA – Mulher nenhuma faz uma coisa dessas sem motivo.

OSVALDO – Pois esta fez. De cara lavada. Esperei a safada me dar uma satisfação. Não havia.

ESPOSA – Não tô cansada de pregar os seus botões, de costurar suas meias, de te esperar na madrugada e nem do cheiro da sua barba.

OSVALDO – Eu quis saber o nome do desgraçado e ela disse que não existia.

ESPOSA – Eu vou sozinha. Com duas sacolas e o gato, também sozinho.

OSVALDO – Quem é que tá pondo minhoca nessa tua cabeça? Fala de uma vez.

SELMA – E o que foi que ela disse?

ESPOSA – Deixe de doidice, homem... Eu vou por meu querer. (*pausa*) Peguei uns trocados que tavam no açucareiro. Coisa miúda. Troco da feira.

OSVALDO – E qual será o paradeiro? Eu posso saber?

ESPOSA – Coisa minha. Vou andar por aí. Destino incerto. Rasgando atalho.

SELMA – E o que você fez, criatura?

OSVALDO – Implorei que ela dissesse a todo mundo que tinha ido embora por causa de outro homem, que não suportava mais o peso do meu corpo, nem os meus beijos no seu umbigo. (*para a ESPOSA*) Desculpa.

ESPOSA – Pelo quê?

OSVALDO – Pelo que eu não sei.

ESPOSA – Desculpa.

OSVALDO – Pelo quê?

ESPOSA – Pelo que eu sei.

OSVALDO – (*irritado*) Diacho!

SELMA – Relaxe, homem. Ela sumiu, então? Foi isso?

OSVALDO – Pois é. A danada sumiu de vez... Sem pista nem migalhas.

ESPOSA – Não se esquece de tomar os remédios na hora certa, acertar a conta do mercado e podar as plantas.

SELMA – Mas é claro, ela tem razão! Se não poda, não cresce. Essa dona aí sabe das coisas.

ESPOSA – E lembra que se chover na telha, a sala vai alagar de novo. Sua janta tá no forno.

OSVALDO – Não precisava.

ESPOSA – Fiz o de sempre. Mas tem salada. E comprei o maxixe.

SELMA – Hummm... Maxixe é bom... Adoro maxixe!

ESPOSA – Já tô indo embora. Toma aqui a chave.

OSVALDO – Leva. Pode levar com você.

ESPOSA – Vou esquecer o caminho de volta.

OSVALDO – Mas, assim, de repente?

ESPOSA – Cada um sabe do seu tempo. Toma. Segura, vai.

OSVALDO – (*oscila, mas segura a chave*) Me dá só mais uma chance.

ESPOSA – Deixa de doidice. E cuidado com essa tosse. Faz o chá com alho e gengibre. E gargareja bem forte.

SELMA – Gengibre é milagroso mesmo. Ela sabe das coisas.

OSVALDO – Volta... Eu implorei. Fica, fica só mais um pouco.

ESPOSA – Não.

OSVALDO – Eu conserto as goteiras, troco o chuveiro, varro a casa, cuido do quintal...

ESPOSA – A conta de luz vence na terça. Ficou mais cara. Deixei debaixo do pinguim na geladeira.

OSVALDO – Leva ele também, foi presente da minha mãe. Pra você lembrar do nosso casamento.

SELMA – Peraê... Ela ganhou um pinguim de presente da sogra?! Coitada...

OSVALDO – Leva ele?

ESPOSA – Carece não. Vai ter muito calor no caminho.

OSVALDO – E foi tudo um silêncio só. Até ela bater a porta e sumir. Nem olhou pra trás. Seguiu reto. Fria e calculista como toda mulher de malandro.

SELMA – E ela nunca mais voltou?

ESPOSA – Se cuida, marido. Sigo agora antes que o sol esquente. (*sai cantando uma melodia popular*) "Atirei no sofrê/ No pendão do milho/ Atirei, mas não matei/ No pendão do milho". (*repete a estrofe e sai baixando a voz*)

CENA 6
VOCÊ NÃO TEM MEDO DE NADA?!

OSVALDO – Ela saiu cantando a mesma música que quarava a roupa no varal no dia em que a gente se conheceu. Não precisava me ferir assim. Dói o peito só de lembrar.

SELMA – (*emocionada, tenta mudar de assunto*) Olha, quando ia tratar as unhas "das madame", eu entrava sempre pela cozinha. E toda casa tinha um pinguim, sabia? Eu me enganei. Num é coisa de pobre não, como povo sempre fala... Nem é brega... É... pitoresco! Também ia pôr o que em cima de uma geladeira? Um papagaio? Uma arara? Tinha que ser um pinguim.

OSVALDO – Dormi com o danado por semanas esperando ela voltar, depois ele se quebrou. Não sei se caiu da cama ou eu joguei contra a parede. Só sei que eu fiquei meio assim: parafuso sem porca... Frigideira sem ovo... Cão sem osso. Nessa desgraça azeda e o escambau.

SELMA – Pé na bunda... É uma dor danada, eu sei. Dói, dói, dói... Vixe... E como dói... Uma dor que parece que rasga a pele, que arranha a fala, gruda as entranhas... mas no dia seguinte tem que pôr margarina no pão e como é que a gente faz? Levanta o traseiro gordo do chão.

OSVALDO – (*ameaça chorar discretamente*) Foi dor sem fim... Mais que martelada no dedo, mordida de língua, chute no saco, topada no pé... É horrível prum homem ser abandonado assim, sem um motivo. Se fosse por causa dos meus roncos ou do mau hálito, podia ter jeito de mudança, mas não tinha um motivo e eu fiquei desmotivado... Andei zureta. Comecei a fugir com vergonha da vizinhança. Andava mais escondido que orelha de freira... não tava certo.

SELMA – (*começa a chorar também*) Deixa disso, homem... Pra que esse choro, hein? (*tenta limpar as suas próprias lágrimas*) Carência todo mundo tem. Fazer o quê? Olha pra mim... Olha... Olha pra mim... Isso... Tá vendo, só? Eu nunca choro. Nunca, nunquinha! Aprende comigo. E "vamo" parar com esta aguaceira aqui, tá me entendendo? (*limpa o rosto de Osvaldo*) Quanta água nessa cara, meu Deus! Chega de dilúvio, que isso é coisa pra bíblia!

OSVALDO – Faz tempo que não vou na missa. Tô cheio de pecado!

SELMA – Escuta aqui, quem gosta de santo é altar, ao menos cê tá vivo, não tá? Feijão e farinha até com a mão se come. Segue em frente, pô!

OSVALDO – Cachorro mordido por cobra tem medo de linguiça! Sou meio ignorante, bronco, sem instrução, mas não sou trouxa, não! (*toma mais um gole da bebida*)

SELMA – Dá um grito.

OSVALDO – Hãn?!

SELMA – Grita. Grita bem alto, vai.

OSVALDO – (*grita*)

SELMA – Mais alto, homem!

OSVALDO – (*grita mais alto*)

SELMA – Agora sim... Acalmou? Isso sempre funciona. Agora já pode respirar... (*pausa*) Eu entendo a sua esposa, viu? Condenar por quê? Ser mulher nesse mundo não é fácil não... Nunca foi. Tem umas mulheres que usam véu que só fica um pedacinho do olho pra fora. Abrir a boca só pra comer. E outras lá nas "África" que sofre até raspagem na bacurinha em ritual pros "demo". Eu vi isso na televisão. É verdade, viu? Coisa triste. Mas, aos poucos, "tamo" chegando lá. Cês vão ter que nos engolir na cama e na conversa. Pois a gente também tem opinião. Mesmo que seja boba, indigesta, na hora errada, mas a gente tem. E vocês têm que parar pra ouvir.

OSVALDO – Ôxe! Mulher pra mim é uma bênção! Respeito demais. Não sou doido, eu nasci de uma! Aprendi a andar na linha. Meu pai sofria com as "moringada" que levava da minha mãe na cabeça se chegasse tarde em casa. Ele deve tá é feliz de ter encontrado a danada lá no céu.

SELMA – Mas tem uns "desgraçado" que envergonha as calça que veste!

OSVALDO – Bom, isso tem a sua verdade, num vô mentir. Todo feijão tem seu gorgulho.

SELMA – (*mexe na bolsa, encontra uma foto e mostra a ele*) Olha ele aqui com essa cara de charmoso. Só a cara, pois sempre foi um cachorro, um delinquente. Esses olhos negros me arrepiavam! Uma mistura de tesão e loucura. Sei lá... Sabe que ele até tinha algo que me lembrava o Nelson Gonçalves?

OSVALDO – Xiii, já entendi. Você ainda tá parada na do cara! Já pensou em voltar, pedir arrego, juntar as "costela"?

SELMA – (*hipnotizada*) A gente se amou muito. Tempo bom. Só me arrependo daqueles excessos. Mas eu consegui sair a tempo. Eu consegui. Ele não. Foi até o fim. Até o fim.

OSVALDO – Mas agora acabou, né?

SELMA – Não. Até hoje nós somos amigos íntimos.

OSVALDO – Íntimos?

SELMA – É, meio confidentes, sabe? Ponho sempre o meu melhor vestido, sem sutiã, e vou lá no cemitério, visitar o túmulo dele. Sempre pedia que usasse vestido sem sutiã, os meus peitos balançando deixavam ele louco, sabe? Ele me ouve como ninguém, fica ali, caladinho, caladinho, me escutando, nem parece aquele maluco de antes.

OSVALDO – Bem, ao menos, cê sabe onde ele tá. Eu é que nunca mais tive notícias dela.

SELMA – (*curiosa*) Nunca mais teve outra mulher?

OSVALDO – Coisa séria assim de juntar os pés e esquentar esqueleto na mesma cama? Não. Pra quê? Desaprendi. Macaco velho não pula em galho seco. (*pausa*) Quer saber? Preciso é de outro gole de conhaque! Eu até que tento disfarçar essas linhas da cara, essa careca chata, essas unhas sujas, esses dentes cariados, essas olheiras fundas... Quase não durmo direito, sabia? Mas juro que sou um cara bacana. Ah, isso eu sou sim. Sem modéstia.

SELMA – Só precisa ser mais corajoso.

OSVALDO – Cê não tem medo de nada?! (acende um cigarro)

SELMA – (muda de assunto) Gosto de ver a fumaça do cigarro subindo. Sobe e desaparece.

OSVALDO – Deixa só o cheirinho.

SELMA – E a vontade de ver outra fumaça aparecer. (*pausa*) Na minha vida tudo é sempre assim. Quando eu vou agarrar uma coisa ela sempre desaparece. Pura ilusão. Será que a gente nasceu pra isso? Ficar esperando uma porta abrir?

OSVALDO – Não sei. Só sei que às vezes cansa.

SELMA – Na rua eu nunca leio quando tem aquela placa amarela: "Cuidado, piso molhado". Escorrego no chão feito um quiabo.

OSVALDO – Eu tropeço de qualquer jeito, com placa ou sem placa.

SELMA – Você tem fé?

OSVALDO – Como assim?

SELMA – Fé, você tem?

OSVALDO – Fé? Não sei... Acho que sim. Tenho. Temos que acreditar que existe algo de bom pra lá desse lixo.

SELMA – Posso te fazer outra pergunta?

OSVALDO – Coisa séria?

SELMA – Mais ou menos.

OSVALDO – Manda ver!

SELMA – O que te faz gostar dessa vida?

OSVALDO – Da minha?

SELMA – É.

OSVALDO – Ah, sei lá... O meu serviço... A minha pinga na sexta... O meu feijão arrumado na marmita, o radinho tocando um som sertanejo... E, é claro, o jogo do meu timão no domingo! (*ri*) E você? O que te prende a essa vida?

SELMA – Ouvir a Dalva de Oliveira cantando "Bandeira Branca"... E a esperança de voltar a ter a minha filha comigo. Mas disso eu até já esqueci. Deixa pra lá! (*pausa*) Você... falou sério quando elogiou a minha voz?

OSVALDO – Claro. E olhe que tenho ouvido afiado. Sua voz é cheia de frescor, das boas!

SELMA – Deixe de galanteios baratos, tá legal? Sei que tô ficando velha e pelancuda. Pronto, falei. E você não imagina o quanto é difícil pruma mulher reconhecer isso. (*tampa o rosto*)

OSVALDO – Mas eu tô dizendo a verdade, cê ainda tem muito tempero.

SELMA – Que tal cantar pra mim alguma coisa? Cê disse que já foi um seresteiro e...

OSVALDO – Vixe, mas nem por tortura! Isto já foi há muito tempo. Agora só no chuveiro porque só aquele danado me entende.

SELMA – Quem canta seus males espanta! Deixa eu ouvir um pouco deste seu lado boêmio.

OSVALDO – Não, não, eu não consigo... Melhor ligar este rádio. O meu repertório tá mofado.

SELMA – Tire a naftalina da garganta, caramba! E se não for bem eu juro que não conto pra ninguém.

OSVALDO – Mas cê é mesmo dura na queda, hein?

SELMA – Toma, segura o microfone. Vamo lá!

OSVALDO – Tá bom, tá bom. Mas a dama vai ter de me ajudar, hein?

Ele pigarreia e começa a cantarolar um trecho de "As Rosas Não Falam", de Cartola.

Ela o acompanha.

OSVALDO – "Bate outra vez/ Com esperanças o meu coração/ E já vai terminando o verão..."

SELMA – (*bate palmas*) Sabia que o danado tava escondendo o jogo. Mandou bem. Adoro essa música.

OSVALDO – Às vezes dá para arranhar alguma coisinha. Música pra mim é coisa sagrada, sabe? Lava a alma.

SELMA – Sabia que ela foi a primeira dubladora do filme da Branca de Neve no Brasil?

OSVALDO – Ela quem?!

SELMA – A Dalva... Acho que é por isso que até hoje não gosto de maçã.

OSVALDO – Você tem medo do feitiço ou do pecado?

SELMA – Feche os olhos.

OSVALDO – O quê?!

SELMA – Feche os olhos, homem, vamos. Vire pra lá e feche os olhos! E me obedeça, anda.

SELMA procura uma sacola e tira dela um vestido brilhante com algumas plumas. Enquanto eles conversam, ela se troca num canto do palco.

OSVALDO – (*de olhos fechados*) O que é que a dona tá aprontando?

SELMA – Calma... Calminha... (*cantarola*) Lara lará... Lari lari... Lara lará...

OSVALDO – Já posso me virar?

SELMA – Não! Calma. Fica quieto. Quietinho, hein? Nada de truques, hein?

OSVALDO – Há quanto tempo você canta na noite?

SELMA – Trinta anos... É claro que quando comecei era um bebê, carregava uma mamadeira. (*pausa*) Hoje tenho uma garrafinha de vodca, amanhã talvez... traga cicuta!

OSVALDO – E por que não um pote de sorvete?

SELMA – Xiii... Ando sempre gripada!

OSVALDO – Posso te receitar algo, fiz um cursinho de primeiros socorros há um tempo.

SELMA – Acho melhor cê procurar outro local para dar o seu "plantão". Tenho pavor de injeções e não tenho plano de saúde. Sou vítima do SUS!

OSVALDO – (*dramático*) Na verdade, o doente sou eu. Sofro do coração e se ele não for bombardeado com um beijo de batom vermelho, ele se congelará.

SELMA – (*termina de passar o batom*) Pronto. Agora o senhor já pode se virar. (*sedutora*) Gostou? Foi presente caprichoso de um amigo... Acho que ficou bom, né?

OSVALDO – Uau! Tu tá é bonita pra cacete... Fui premiado com esse delírio.

SELMA – Nada disso. O senhor errou a cor do meu batom. Não é vermelho, é vinho.

OSVALDO – Mas, como eu já disse, sou "daltrônico"! (*beijam-se*)

Som cintilante.

SELMA – (*desconcertada*) Por que o senhor fez isso?

OSVALDO – Não sei... Sei lá... É que...

SELMA – (*pudica*) Não devia ter feito isto... Me beijou!

OSVALDO – A dona me deixou louco, não deu pra resistir a essa sua boca.

SELMA – (*ofegante*) O seu beijo...

OSVALDO – (decepcionado) Que foi? Não gostou? Desculpa.

SELMA – Tinha mais álcool que o conhaque. (*ri*)

OSVALDO – Eita diacho! Então, viva a boêmia! (*beijam-se novamente*)

SELMA – Agora chega que eu não tô em liquidação.

OSVALDO – Você parece até uma deusa com essa roupa.

SELMA – Os meus fãs merecem. Na verdade, eu faço sempre um pacto com o meu público: eles fingem que eu sou uma estrela e eu finjo que eles são parte de uma plateia lotada.

OSVALDO – É... Faz sentido.

SELMA – Engraçado.

OSVALDO – Eu?!

SELMA – Essa situação toda.

OSVALDO – Não é boa?

SELMA – Nunca achei que fosse precisar dos serviços de um encanador.

OSVALDO – Agradeça ao destino, pois cê acaba de achar o profissional ideal.

SELMA – Hummmm... Que sorte a minha, então! (*ouve o barulho de alguém que chega*) Ouça, parece que chegou alguém.

OSVALDO – Num ouvi nada. Fica aqui. Fica.

SELMA – Chegou sim.

OSVALDO – Sério?!

SELMA – Agora o senhor já pode ir.

OSVALDO – (*decepcionado*) Como assim?!

SELMA – Estamos salvos! Podemos sair agora.

OSVALDO – Mas já?! Deve ser engano.

SELMA – Não quer mais sair?

OSVALDO – Perdi a vontade.

SELMA – Por quê?

OSVALDO – Queria saber mais sobre as suas aranhas.

CENA 7
DEVE SER CULPA DO CALOR

SELMA – (*vendo TONY, chateada*) Seu filho da puta!

TONY – (*chega apressado*) Nem adianta me xingar, fofinha. Esqueci e pronto!

SELMA – Tá achando que eu sou toupeira pra ficar presa nesse buraco?

TONY – Ué... Aconteceu. *Forget*! Já passou, ok?

SELMA – Ah, quer saber? Foda-se tudo mesmo e com você de recheio!

TONY – Eu trouxe, ao menos, uma boa notícia: parece que a greve acabou, fizeram acordo com os motoristas e como sempre o transporte continua mais caro pra nós. Nenhuma novidade, né? Passei no mercado, toma, come alguma coisa, vai. Chupa essa mexerica, mas não engula os gominhos, hein? Pode engasgar. (*Oferece a fruta e nota a presença de OSVALDO*) Ah, desculpa, não sabia que cê tava acompanhada.

SELMA – (*séria*) Esse senhor já estava de saída. Veio terminar o serviço do encanamento. (*para OSVALDO*) O Tony trabalha aqui comigo, é o pianista do meu show.

OSVALDO – (*desconcertado e mancando*) Bem eu... Eu tava consertando o microfone, quer dizer, a telha da goteira que caiu na tubulação e...

TONY – (*olha para ela, cínico*) Sei... As goteiras. São insuportáveis mesmo, sempre se multiplicam. Parece que alguns pingos até caíram na sua boca, o seu batom tá todo borrado, queridinha.

SELMA – (*tímida*) Deve ser culpa do calor.

TONY – Mas é claro... A lua promete ser bem cheia esta noite. Saturno entrando em escorpião. Céu deslumbrante, vitalidade, expressão criativa, abertura dos chacras e boas vibrações!

OSVALDO – Mais excitante do que as coisas que caem deste teto? Tá difícil, viu? Mas deixa pra lá, meu chapa! Cê não ia acreditar se eu te contasse... É melhor esquecer.

TONY – Tudo bem, o senhor não parece mesmo ter 15 milhões de dólares na conta.

OSVALDO – Vixe... Nem nessa e nem em outras vidas. De rico eu só tenho essa aparência.

TONY – (*irônico*) Hãn Hãn... Dá pra perceber.

OSVALDO – Eu até ando de carro com vidro fechado no calor pra todo mundo achar que eu tenho ar-condicionado.

TONY – (*irônico*) Nossa, um gênio do *status quo*. (*pausa*) E qual é a garantia do seu serviço? Eu posso saber?

OSVALDO – Como assim, chefia?!

TONY – O galego que tentou consertar o encanamento da última vez nesta hora deve estar esquiando pelos Alpes Suíços, pois deixou a parede cheia de furos e sumiu do mapa.

OSVALDO – (*ofendido*) A garantia aqui é a minha palavra. Sei que isso hoje em dia não vale lá muita coisa, mas é o que eu posso oferecer.

TONY – Palavras, palavras... Como já disse o Drummond: *Certas palavras não podem ser ditas/ em qualquer lugar e hora qualquer. /Estritamente reservadas/para companheiros de confiança/devem ser sacralmente pronunciadas/em tom muito especial/lá onde a polícia dos adultos/não adivinha nem alcança. (...)*

OSVALDO – Ihhh... Já saquei que vocês têm mania de polícia, né? Mas a minha palavra é de homem honrado, viu? E se tem uma coisa do que me orgulho é o meu trabalho sempre com essas mãos calejadas. Eu devia era processar essa espelunca pelo meu prejuízo. Perdi muito trabalho agendado pra hoje.

TONY – (*irônico*) Mas será que o senhor não ganhou nada em troca nessa tarde? Ou deu mesmo "perda total" no placar do campeonato?

SELMA – De que jogo você tá falando, "santa inquisidora"? Passamos por horas de tédio!

OSVALDO – Isso sem falar nessa sauna improvisada... É muito quente esse buraco aqui.

TONY – Qual é o seu signo?

OSVALDO – (*distraído*) Como?!

TONY – Horóscopo... Cosmos... Astrologia...

OSVALDO – Sei lá... Não acredito nessas coisas, não! Me deixa fora desses troço aí, faz favor!

SELMA – (*ri*) Quando é que você nasceu, homem?

OSVALDO – 23 de dezembro. Uma data chata prum moleque. Era presente de aniversário ou de Natal.

TONY – Bingo!

OSVALDO – (*desentendido*) Já joguei, mas nunca fui viciado não. Não gosto de perder dinheiro. Já tá bem difícil ganhar o salário-mínimo.

TONY – Um capricorniano! É signo trabalhador, persistente e dono de uma considerável força de vontade. Em geral são pessoas muito reservadas e quase nunca revelam seus segredos a ninguém... Aprendem desde cedo que a vida não é fácil e que não podemos perder tempo com nada que não seja seguro. A palavra que a pessoa desse signo mais gosta é sobrevivência.

OSVALDO – É isso aí! Agora nós tamo na mesma língua. Disso eu entendo, camarada! Sou um sobrevivente. Não passo perrengue na mata, não. Eu mato a cobra e mostro o pau!

TONY – Ui... Quanta potência... Bem, eu acho que vou molhar essas flores lá na pia da cozinha e me refrescar também. Vou aromatizar o futuro desse ambiente. Subiu até um calor aqui! Parece até que estou num deserto... Até mais ver, Lawrence das Arábias. (*sai*)

SELMA – (*irônica*) Vá, mas volte, profetisa!

OSVALDO – Ele me chamou de quê? É engraçado esse cara, né?

SELMA – Tem quem goste, mas é melhor você ficar na sua.

OSVALDO – Parece que o sufoco acabou.

SELMA – É... Não há mal que sempre dure.

OSVALDO – E nem bem que não termine.

SELMA – É verdade.

OSVALDO – Agora tenho que ir.

SELMA – (*tímida*) Até mais, então.

OSVALDO – (*embaraçado*) Posso... (*pigarreia*) posso te pedir uma coisa?

SELMA – Eu não faço vale.

OSVALDO – Escuta... eu tava pensando... Será que a gente podia... Sei lá... Dar uma saidinha por aí depois do seu show? Pra comer alguma coisa e...

SELMA – Xiii... Acho complicado, viu? Você correrá um sério perigo.

OSVALDO – Por quê?

SELMA – Quando uma aranha tem fome o seu ataque é fulminante. A sua presa é levada imediatamente à boca.

OSVALDO – Isso é uma ameaça ou uma promessa?

SELMA – Talvez as duas coisas. (*ri*)

OSVALDO – Engraçado... Eu ainda não sei o seu nome.

SELMA – E deveria? Me chame como quiser. Eu sempre estarei aqui, deslumbrante. Pronta para dividir uma dose de conhaque com um desconhecido qualquer numa mesa decorada por gardênias.

OSVALDO – Gardênia! Achei um nome pra você. Fica comigo esta noite?

SELMA – Como se fosse esta noite a última vez?

OSVALDO – A última é sempre única.

SELMA – As gardênias são únicas!

OSVALDO – Diga logo o que achou de mim.

SELMA – Não posso.

OSVALDO – Por quê?

SELMA – Eu sou míope.

OSVALDO – De qualquer forma eu acho que dessa vez o macaco velho vai pular no galho seco. E vai ser bom pra caralho! A jiripoca vai piar... (*sai assobiando*)

SELMA ri sozinha. Ajeita os cabelos. Pensa na proposta de OSVALDO.

CENA 8
TEREMOS SORTE

TONY – (*volta com as flores e as põe no balcão*) O troglodita charmoso já foi?

SELMA – Mandou beijos pra sua mãe.

TONY – Quanta delicadeza... Agradecido. (*pausa*) Nossa, que dia! Até os meus dedos estão inchados, só espero que eles aguentem o teclado logo mais. Ao menos, eu consegui pegar o horário da visita.

SELMA – Ele tá melhor?

TONY – Sem previsão de alta. Mas tá um pouquinho mais animado, mais falante. Comeu mais um pouco hoje, mas continua pálido. Acho que ele vai ficar bem logo. Tem que ficar senão eu levo um colchão pra me internarem lá também. Não tá sendo nada fácil esse vaivém.

SELMA – Haja paciência, hein?

TONY – Conta pra mim. Não foi bom?

SELMA – O quê?

TONY – Este "trancafiamento" desta tarde... Foi intencional, não foi?

SELMA – Como assim, intencional?

TONY – Conta, vai! Achei ele meio bronco, mas é rústico, peludo, lembra um pouco o Glenn Ford em *Galante e Sanguinário* ou o John Wayne na *Trilogia da Cavalaria*. Deve dar um bom "faroeste" na intimidade, hein?

SELMA – (*dissimulada*) Não tô entendendo esse seu veneno, sua bicha sonsa!

TONY – Eu te conheço... Cê tá meio diferente... Até se arrumou antes da hora. Por que será?

SELMA – Ai, minha Santa Cecília... Eu tava curiosa e quis testar a sua extravagância com o corte e costura. E, por sinal, ficou ótimo o modelo. Muito agradecida, "Clodovil".

TONY – Bom, não quer falar sobre o *rendez-vous*, tudo bem. Mas já adianto que Áries e Capricórnio é uma combinação muito complicada e ambos deverão pôr muito de sua parte pra que a relação funcione, devido às suas enormes diferenças. Porém, devido à presença de Vênus, os arianos nascidos entre 10 e 20 de abril têm maiores possibilidades de compatibilidade com Capricórnio, que é justamente o seu caso, meu amor!

SELMA – Chega de firulas, madame Zoraida! Vamos nos preparar, pois já tamos atrasados.

TONY – Tá bom. Tá bom. Vou tomar um banho rápido. Acho que o meu desodorante venceu.

SELMA – (*animada*) Elas caíram outra vez.

TONY – Quem?!

SELMA – As tarântulas.

TONY – Lá vem você novamente com esta história.

SELMA – Eu juro. Caíram sim. Várias delas!

TONY – Eu já te disse que...

SELMA – Por que você não acredita em mim?

TONY – Você vem sempre com essa conversa e...

SELMA – Elas apareceram. Queriam conversar comigo. Eu juro.

TONY – Tentarei acreditar desta vez.

SELMA – Teremos sorte.

TONY – Eu também?

SELMA – Claro, todos nós! Elas vieram. Todas elas apareceram... Todas! Teremos sorte, elas disseram.

TONY – Então... Que assim seja. Existe um motivo pra comemorar alguma coisa.

SELMA – Promete que hoje a casa vai estar lotada com todos bebendo champanhe e após o nosso show chegará um produtor famoso no camarim e assinaremos o tal contrato milionário que tanto sonhamos?

TONY – Prometo que logo-logo você será feliz.

SELMA – E por que este “logo-logo” não chega? É sempre tão distante...

TONY – (*beija SELMA na testa*) Deixa de fazer perguntas difíceis, parece criança! (*sai*)

EPÍLOGO
ESTOU ATRASADA?

SELMA senta-se um tanto desolada. Liga o rádio. A luz da cena se altera. As aranhas voltam a cair.

VOZ LOCUTOR DE RÁDIO – (...) e pelas últimas informações é contínuo o desespero de milhares de pessoas com o inusitado surgimento de uma chuva cintilante de aracnídeos que se alastra em vários pontos pelas vias da cidade. Os terminais de ônibus e as estações de metrô tiveram de interromper os serviços, os veículos estão parados nas rodovias e muitos cidadãos já caminham desolados pelas ruas. O comércio também fechou as suas portas desde cedo. Por enquanto não há casos de violência e os hospitais registram poucos feridos. Os helicópteros do governo foram acionados. O céu se apresenta com pequenos clarões, nuvens esparsas e delicados sons musicais parecem ser emitidos por estas pequenas aranhas que não cessam de chegar ao solo. A polícia está patética e parece não dar conta do inesperado tumulto. O comitê de saúde alerta ser aparentemente inofensiva esta espécie de tarântulas. Algumas crianças, loucos, mendigos e outros distraídos acreditam estar em um parque de diversões e se banham neste estranho acontecimento que parece incontrolável e aos poucos vai se alastrando por toda a...

Ouve-se, sobrepondo a fala do locutor e em tom crescente, a música "I gotta right to sing the blues", *na voz de Billie Holliday. Surge a FILHA, com ares juvenis.*

FILHA – Eu tô atrasada? Desculpa, mas a cidade tava um caos... Foi confusão pra todo lado.

SELMA – Fica tranquila, filha.

FILHA – Não foi fácil chegar até aqui e eu até...

SELMA – Tá tudo bem... Eu te esperaria por mais uns dez mil anos se fosse preciso... Dança comigo?

A música aumenta e as duas dançam, intensamente, pelo palco.

Cai a luz, lentamente.

DOIS POR UM BORDEAUX

“Não se deve perguntar sobre tudo: é melhor
que algumas coisas permaneçam ocultas.”
Sófocles

Texto lido na Casa do Saber SP em 14 de julho de 2017.
Direção: Francisco Medeiros
Elenco: Helena Ranaldi (Amanda) e Daniel Alvim (Tomaz)
Rubricas: Tuna Dwek

Daniel Alvim, Helena Ranaldi, Ed Anderson,
Tuna Dwek e Francisco Medeiros.
Foto: divulgação.

PERSONAGENS:

AMANDA – Mulher temperamental, na faixa dos quarenta anos. Doutoranda em literatura.

TOMAZ – Homem sonhador, na faixa dos quarenta anos. Gerente de uma loja de pneus.

CENÁRIO:

Casa de uma família de classe média. Sala com sofá, mesa com alguns papéis, estante com livros, vitrola e vários brinquedos espalhados pelo chão.

Ambiente sem cores fortes.

TEMPO:

Madrugada.

ATO ÚNICO

TOMAZ abre a porta de casa, na penumbra, e tenta entrar em silêncio, cansado e meio tonto. Ao andar, tropeça e faz barulho.

AMANDA – (*sonolenta*) Tomaz?!

TOMAZ – (*mais barulho*)

AMANDA – É você, Tomaz?

TOMAZ – Oi...

AMANDA – Você chegou?

TOMAZ – Acordada?

AMANDA – É tarde.

TOMAZ – Eu sei.

AMANDA – Demorou. (*acende a luz*)

TOMAZ – Pessoal do escritório.

AMANDA – Podia ter avisado.

TOMAZ – Não sabia que ia esperar.

AMANDA – Um telefonema bastava.

TOMAZ – O papo foi avançando e...

AMANDA – Uma satisfação...

TOMAZ – Perdi a noção da hora.

AMANDA – Nunca chegou tão tarde.

TOMAZ – O pessoal me pegou de surpresa.

AMANDA – Já é madrugada.

TOMAZ – Foi difícil sair.

AMANDA – Custava avisar?

TOMAZ – Tava todo mundo da firma.

AMANDA – Esperei à toa.

TOMAZ – Aniversário do Aurélio... Lembra do Aurélio?

AMANDA – Podia ter avisado.

TOMAZ – Eu sei, eu sei... Desculpa.

AMANDA – Dormi no sofá.

TOMAZ – Não queria te preocupar.

AMANDA – Mas preocupou.

TOMAZ – (*olha a sala*) Que bagunça é essa?

AMANDA – Ele custou a dormir, tava impossível.

TOMAZ – Parece que passou um terremoto.

AMANDA – A sala virou esse parque de diversões.

TOMAZ – Quase quebrei o pé nesse troço.

AMANDA – Pois é... Tá tudo um caos e eu... exausta.

TOMAZ – Imagino.

AMANDA – Nem consegui preencher a minha ficha de rematrícula.

TOMAZ – Ele quer sempre atenção... Eu sei.

AMANDA – Deve ser a fase. O Dudu tá crescendo.

TOMAZ – Verdade... Quase um rapazinho.

AMANDA – Perguntou por você o tempo todo... Não tira a musiquinha boba da cabeça... Aquela do comercial: "Pipoca Elegante... Pipoca Elegante... Crocante, crocante, gostosa e..."

TOMAZ – (*brinca*) "Cho-can-te!"

Riem juntos. TOMAZ assobia e procura o gato pelo chão.

AMANDA – Aquele bicho não tá mais aqui.

TOMAZ – O que aconteceu?

AMANDA – Devolvi pro papai hoje cedo.

TOMAZ – (*repreensivo*) Amanda!

AMANDA – Não precisamos de gato. De nenhum gato.

TOMAZ – Mas ele já tava se acostumando com a gente, nos fazia companhia.

AMANDA – Pois pra mim já foi tarde!

TOMAZ – Ficava sempre quietinho aqui no sofá.

AMANDA – Não quero cuidar de gato algum, Tomaz. Você sabe.

TOMAZ – Ele nem dava trabalho.

AMANDA – Já tenho muitas tarefas e, além disso, tem aquela tal doença dos pelos, já pensou se pega no Dudu? Tóxico sei lá o quê...

TOMAZ – Toxoplasmose. São casos raros de acontecer.

AMANDA – Pelo sim, pelo não...

TOMAZ – Eu já tava gostando dele, foi presente do seu pai.

AMANDA – Pois, então, ele que tome conta!

TOMAZ – (*chateado*) Está bem. Faça o quiser.

AMANDA – Aonde vai?

TOMAZ – Pro chuveiro.

AMANDA – Tem jantar no forno.

TOMAZ – Tô sem fome.

AMANDA – Comeu besteira na rua?

TOMAZ – Batata frita.

AMANDA – Sabia!

TOMAZ – Dei uma "beliscada".

AMANDA – E o seu colesterol?

TOMAZ – Foi só por hoje.

AMANDA – Fiz aquele doce que você gosta.

TOMAZ – Qual?!

AMANDA – O de caju! Tinha bastante caju no mercado, acho que tá na época. Como estavam bem maduros resolvi fazer o doce. Ficou bom... Quer um pouco?

TOMAZ – Como amanhã. (*vai até a cozinha*)

AMANDA – Separei as castanhas, dá pra aproveitar depois... (*mexe no paletó dele à procura de algo, cheira o tecido*) Li numa revista que elas ajudam a prevenir doenças cardíacas... Alimentação não balanceada, aliada ao sedentarismo e uso do cigarro, por exemplo, aumenta o risco de se ter um problema cardíaco no futuro. É sempre bom cuidar, não somos mais tão jovens. (*pausa*) Saiu sem o carro? Fiquei preocupada... Como é que você voltou? Pegou táxi, não foi? Gastou dinheiro à toa... (*devolve rápido o paletó ao lugar*)

TOMAZ – (*volta com um copo de leite*) Peguei carona com o Romeu.

AMANDA – Soube que ele voltou com a Solange. É verdade?

TOMAZ – Parece que sim.

AMANDA – Tomara que tenham tomado juízo.

TOMAZ – Um dia, cedo ou tarde, ele tem de chegar.

AMANDA – (*irônica*) Pra Solange? Acho bem difícil. Termina-e-volta... Termina-e-volta... Parece ioiô... Alguém tem que avisar a ela que figurinha repetida não enche álbum, não!

TOMAZ – Eles têm dois filhos, em alguma hora tinham que fazer um acordo.

AMANDA – (*pensativa*) É verdade, dois filhos...

TOMAZ – (*tropeça num carrinho*) Que droga de brinquedo!

AMANDA – (*chateada*) Você bebeu, Tomaz Augusto?

TOMAZ – Um pouco. Socialmente, nada em excesso. Tô bem.

AMANDA – Acho que ele está com febre.

TOMAZ – Tem certeza? Pôs o termômetro?

AMANDA – Ainda não, preparei um leitinho morno com açúcar e canela.

TOMAZ – Podia ter posto o termômetro.

AMANDA – Eu procurei. Não sei onde ficou da outra vez.

TOMAZ – Procurou no guarda-roupa?

AMANDA – Em todas as gavetas.

TOMAZ – Depois, eu passo no quarto dele pra dar um beijo e dou uma nova procurada. (*tira a camisa e folga o cinto da calça*)

AMANDA – A sua mãe ligou umas três vezes, queria saber se vamos almoçar com ela no domingo.

TOMAZ – Domingo?!

AMANDA – Segunda-feira será feriado, esqueceu?

TOMAZ – É verdade... Tem razão.

AMANDA – Ela fez toda uma chantagem. Falou que nunca consegue reunir os filhos, que a idade dela já está avançada, a pressão alta, as varizes, que já tá na hora de se internar num asilo pra não ficar mendigando atenção... E etc. etc. etc.... E disse isso em meio a tosses e soluços, ouviu bem? É uma artista. Ópera é pouco drama pra ela.

TOMAZ – (*ri*) Sei, sei... Coisas de dona Adélia! Mas a velha vai ter que esperar mais um pouco, tenho que terminar uns relatórios e, além disso, a estrada vai tá um inferno com este feriado prolongado. Poderemos ir até lá no próximo mês, o que você acha?

AMANDA – Por mim tudo bem, mas não se esqueça de retornar, senão é capaz de ela achar que eu não dei o recado.

TOMAZ – Sem problema. Falo com ela amanhã cedo. Antes, vou preparar os meus ouvidos!

AMANDA – Ela disse que ia fazer aquela macarronada à bolonhesa que você tanto ama. (*brinca*) Quem mandou ser o filhinho preferido da mamãe?

TOMAZ – Pois é... A velha passou açúcar e você gamou, não foi?

AMANDA – (*brinca*) Tenho os meus dias de dieta.

TOMAZ – (*irônico*) Hummm... Desculpa aê!

AMANDA – Vem cá, deixa eu ver essas suas costas.

TOMAZ – Pra quê?

AMANDA – Nossa! Eu sabia... Tá cheio de cravos aqui, hein? (*mexe nas costas e tenta tirar um cravo*)

TOMAZ – (*grita*) Ai! Assim dói, pô!

AMANDA – Para de frescura. Aguenta firme aí.

TOMAZ – (*grita mais*) Ai... Ai... Eu peço penico, mas para com isso, vai...

AMANDA – (*brinca*) Bundão! (*pausa*) Ligou também uma tal de Clarice... Não deixou recado. Disse que falava com você depois.

TOMAZ – (*muda de assunto*) E como foi o seu dia? Me conta tudo, vai.

AMANDA – Ah, eu cheguei exausta! Você não faz ideia, o movimento daquela farmácia me deixou doida, parecia loja de presente em véspera de Natal. É incrível como as pessoas gostam de tomar remédio até pro que não precisa. Acham que é perfumaria. É sério! Deve ser carência! Pastilhas coloridas, xaropes, pomadas, vitaminas com todo o alfabeto, cápsula disso e daquilo, analgésicos, repelentes, soníferos, tranquilizantes... Lexotan, então, é o preferido!

TOMAZ – Que bom.

AMANDA – Você acha bom?!

TOMAZ – Acho muito bom você ter voltado ao trabalho com seu pai.

AMANDA – Ah, eu também... Ele ficou feliz, ainda tem esperança de que eu darei continuidade ao negócio. Doce ilusão!

TOMAZ – Pois não deixa de ter razão. Ele já tá ficando com os três males do tempo: velho, cansado e sozinho! Lógico que alguém da família por perto, ajudando, dá certa tranquilidade.

AMANDA – O meu irmão é que devia parar de fazer turismo com mochila nas costas e criar juízo.

TOMAZ – Isso já é outra história. Aquele lá nasceu em Marte. Com direito a nave espacial, anteninha e tudo! É um marciano com certeza. Você notou que até o idioma que ele fala é estranho? Um "cuzão"!

AMANDA – Sabe que ele mandou uma foto pro papai saltando de paraquedas? Imagina só! O velho quase morreu de susto. Outro dia foi aquele rapel...

TOMAZ – Faz coisas de moleque sem noção! Será que ele não vê que já é um quarentão? Tá até grisalho!

AMANDA – Paraquedas... Vê se pode... Onde já se viu? (*pausa*) A minha vida também vai virar uma aventura. Só não sei se darei conta de tantas coisas, o trabalho, os estudos, o Dudu...

TOMAZ – O escritório também tava em polvorosa.

AMANDA – (*irônica*) Ao menos você relaxou na saída.

TOMAZ – Um pouco. Na verdade, esta saída foi uma merda, ouvi um monte de baboseira de gente chata e bajuladora. Aquela "batata frita" saiu bem cara pra minha paciência... Parece que no mês que vem deve ter demissão, contenção de gastos, culpa da "crise". Tá todo mundo no pavio curto, com o "cu na mão". Vai ter muito pescoço na degola e eu vou ter que estar lá pra ver a guilhotina. Espero que poupem as minhas veias jugulares.

AMANDA – Você tá com medo?

TOMAZ – Bem, medo, medo, não... O Jorge falou que nosso setor tá perigando, mas tem outros bem piores. Mas não sei não... De qualquer forma já tô de saco cheio daquela mesmice. Deve haver coisa mais interessante do que gerenciar vendas de pneus... São todos iguais: pretos e redondos! Sabia que uma boa parcela do nosso lixo urbano é de pneus velhos e fora de uso? Hoje são descartados no país mais de 17 milhões de pneus por ano. E a tendência é a mesma: recauchutagem! Ou seja, reciclar ou reduzir o consumo de pneus é uma santa medida favorável ao meio ambiente. Então, o que é que eu tô fazendo naquele lugar? Idiota é elogio pra mim!

AMANDA – Não fale assim... Ei, mocinho... Levante essa cabeça. Olhe pra frente!

TOMAZ – Juro que, se eu sair, procuro outra função... Ou melhor, vou abrir meu próprio negócio como o seu pai. Já tá na hora, né? Farmácia não dá porque eu sou avesso a remédios. Mas uma lanchonete... Uma produtora de vídeo... Uma livraria... Você ia gostar! Um café com livraria. Não é o máximo?

AMANDA – Mas com que dinheiro, Tomaz?

TOMAZ – Temos umas economias e com a grana da indenização eu...

AMANDA – (*censura*) É arriscado.

TOMAZ – Começaremos, então, por uma banca de jornal, de revista... Mas já será um bom começo, não acha?

AMANDA – Quando é que você vai parar de sonhar?

TOMAZ – (*ressentido*) Você não confia em mim?

AMANDA – (*paciente*) Confio, confio, é claro que confio.

TOMAZ – Acho que eu também confio.

AMANDA – Tasquei um tapa na cara de um velho.

TOMAZ – O quê?!

AMANDA – Um tapa.

TOMAZ – Como assim?!

AMANDA – Ele ficou olhando os meus seios. Tava no balcão, fazia calor e eu usava uma blusa decotada. Fiquei distraída, arrumando uns papéis e ele se aproximou sorrateiro, e ficou olhando os meus seios, vestia uma camiseta de banda de rock estrangeira, Ramones, acho... Camiseta do Ramones, bem surrada e com um furo no ombro... deu uma risadinha nojenta pra mim, sabe?

TOMAZ – (*raivoso*) Que filho da puta... Safado... Escroto!

AMANDA – Um velho tarado. Fechei a cara e joguei a cesta de remédios em cima dele. Tinha até Viagra! Ele continuou com um risinho irônico pra mim e aí eu tasquei o tapa. Ele ficou roxo de raiva! Eu gritei bem alto. Automática e estridente como uma sirene. Aí, juntou um pessoal e botou o desgraçado pra fora. Estou menstruada, você sabe como eu fico sem paciência alguma quando eu estou menstruada! O papai achou melhor eu sair mais cedo, estava bem nervosa.

TOMAZ – Fez muito bem.

AMANDA – Depois até dei risada. Acho que aquela baba do velho aumentou a minha vaidade, sabia? (*ri*) Me achei mais feminina, sei lá!

TOMAZ – (*brinca*) Mulheres... quem é que as entende?

AMANDA – Por que você tá me olhando assim?

TOMAZ – Gosto de te ver sorrindo... Posso? Você fica ainda mais bonita. (*tenta abraçar AMANDA*)

AMANDA – (*sem graça*) Seu tonto!

TOMAZ – Conseguiu descansar?

AMANDA – Quase. Quando tava voltando pra casa, vi um mendigo fedorento chutando um cão, perto do mercado. O coitado nem aguentava mais latir no meio daqueles papelões e restos de verduras estragadas... Fiquei horrorizada, o mendigo batia, batia, batia naquele animal... Não parava! O cão deve ter comido algo que ele tinha guardado, sei lá...

TOMAZ – E ninguém fez nada?

AMANDA – As pessoas ficavam só olhando, patéticas. Tinha um imbecil dando risada, até filmou com o celular! E o cão sangrava. Com aqueles latidos... aquilo tudo me deu um enjoo... uma tonteira... Quase vomitei... Depois ele parou de bater e começou a chorar, chorava muito, disse que amava o cão, que fazia aquilo pro bem dele, pra educar. Louco... Depois de um tempo chegou um policial na viatura e levou ele sabe lá pra onde. Deve ter apanhado também. (*irônica*) Pra educar!

TOMAZ – As pessoas desta cidade estão cada vez mais estranhas.

AMANDA – Não há sossego em lugar algum.

TOMAZ – Tem toalha no banheiro?

AMANDA – Deve ter. A Rosa fez faxina hoje.

TOMAZ – O Romeu colocou um adesivo novo no carro: "O amor é perigoso". Engraçado, não?

AMANDA – O amor?

TOMAZ – Esta frase: "O amor é perigoso".

AMANDA – É incrível como ele pode ser realmente intenso, beirando o perigoso, contaminado como um cogumelo.

TOMAZ – Como cogumelo? Você acha?

AMANDA – Nós temos que saber comer o amor direito. Temos mania de não degustar as coisas, jogamos de qualquer jeito no estômago.

TOMAZ – Tem razão. Somos gulosos! Deixa eu te degustar um pouco... (*brinca e tenta abraçar AMANDA, que desvia*)

AMANDA – Péra aí... (*continua*) O amor sempre vem duro... Ereto... Antes de devorá-lo é preciso amaciá-lo bastante como um bom bife.

TOMAZ – E os cogumelos?

AMANDA – O que tem os cogumelos?

TOMAZ – Você acha que alguns tipos de amor devem ter cogumelos?

AMANDA – Nem todos são venenosos. Podem ser decorativos, afrodisíacos, alucinógenos...

TOMAZ – E como saber distingui-los?

AMANDA – Mastigando com vontade.

TOMAZ – (*irônico*) Tá bom, e aí morremos. Simples assim?

AMANDA – Podemos até morrer, mas terá valido a pena. Pelo ato de coragem, entende?

TOMAZ – Um amor camicase? Acho que até gosto de cogumelos. Mas preciso ter esta tal "coragem".

AMANDA – Isso já é um bom caminho.

TOMAZ – Agora, chega dessas divagações. (*pausa*) Amanhã também não vou dirigir, se quiser pode usar o carro.

AMANDA – Não precisa, não vou pra longe, você sabe que gosto de caminhar.

TOMAZ – Acho que vou tomar um chá, antes de me deitar.

AMANDA – Tá passando mal?

TOMAZ – Um pouco de azia. Vou tomar o meu banho.

AMANDA – Espera!

TOMAZ – Que foi?!

AMANDA – Tô gostando do seu raciocínio, tá entendendo melhor as minhas vãs "filosofias"... Parabéns!

TOMAZ – Tenho de aprender, afinal sou casado com uma Doutora em Literatura. Cheia de blá–blá–blá... Tenho que saber pensar, raciocinar, falar bonito, não é mesmo?

AMANDA – Calma, eu nem retomei as aulas, seu bobão! E sou "doutoranda", ainda.

Fiz a qualificação, mas ainda falta um tempinho pro diploma... Confesso que tô meio ansiosa e com saudade de conversar com os textos do Walter Benjamin. Esta tarde li umas observações em seus escritos que lembram o nosso Dudu. Segundo ele a criança lida com os elementos dos "contos de fada" de modo tão soberano e imparcial como com retalhos e tijolos. Ela constrói o seu mundo com estes contos. Interessante, não? (*pausa*) Ai, ai, ai... Começar os meus estudos outra vez... Imagina só... (*Brinca.*) Será que ainda tenho cara de normalista?

TOMAZ – Hummm... Colocando umas trancinhas... Vai ficar perfeita! (*ri*) Claro que isto vai te fazer bem, meu amor. Mexer com as caraminholas da cabeça.

AMANDA – Mas, às vezes, me dá um medo... Tenho lido também umas coisas interessantes sobre filosofia prum capítulo da tese. Por que será que a Hannah Arendt tanto me desconcerta ao afrontar suas convicções com estas verdades cômodas que convivemos? Sempre tentamos desviar nosso olhar das questões mais inquietantes, não é mesmo? Sabia que ela polemizou ao utilizar a expressão "banalidade do mal" quando escreveu sobre o julgamento de um carrasco nazista? Ele afirmou que apenas cumpria ordens superiores e que achava uma desonestidade não cumprir a tarefa que lhe foi atribuída. Segundo Arendt, havia certa verdade na fala daquele oficial nazista condenado à morte. Sem ser um desalmado ou paranoico, como acreditavam os ativistas judeus, tratava-se de um homem comum, porém desprovido da capacidade, presente na maioria dos indivíduos, de raciocinar por si próprio. "Não existe nada mais difícil do que pensar."

TOMAZ – Banalidade do mal... Nunca pensei sobre isso... Isso é forte, não? (*tenta mudar de assunto*) Bem, o que importa é que você é a maior escritora de livros que eu já li, sabia?

AMANDA – Calminha... Apenas um infantil foi publicado, Tomaz.

TOMAZ – E daí?! Sei que chegarão vários outros... Você tem estilo, meu bem, eu sei que tem. Aqueles Irmãos Grimm que se cuidem... Vou até separar um lugar pros seus prêmios aqui nessa estante, junto aos livros.

AMANDA – (*carinhosa*) Bobo, bobo, bobo!

TOMAZ – Todos os amantes são bobos. E todos são muito felizes quando falam besteiras e mandam flores. (*pausa*) Sabia que o Romeu ficou louco na semana passada pra achar uma floricultura aqui no bairro? Queria comprar um buquê pra Solange. Fizeram sete anos de casados. Uma floricultura pode ser um bom negócio, você não acha? Além de ser um trabalho perfumado. O que será que eles fazem quando as flores murcham, hein? Jogam fora?

AMANDA – (*desatenta*) Sei lá... Nunca pensei nisso.

TOMAZ – Quando eu era pequeno sempre ajudei o meu avô a cuidar do jardim e decorei o nome de várias plantas... Lembro que ele tinha um cachorro que também tava velhinho, vira-lata, vivia deitado debaixo da mangueira... Um pet shop também pode ser interessante… Eu gosto de animais e tem muito gato e cachorro aqui no bairro. E o povo não economiza em gastar com bicho. Você percebeu? Também tem muita gente correndo na rua de madrugada, sabia? Falta tempo de dia. Sabe que montar uma loja de suplementos pode ser uma boa ideia? A busca pela qualidade de vida tá crescendo... Vamos lucrar com a geração saúde! O que você acha? Hein? (*pausa*) Amanda, você tá me ouvindo?

AMANDA – Ele era asqueroso!

TOMAZ – Quem?!

AMANDA – Aquele velho da farmácia. Babava, sem os dentes. Tarado!

TOMAZ – Esquece, já passou.

AMANDA – E a cena lá da rua? Será que aquele doido ficou com o cão?

TOMAZ – Com um dono daqueles é melhor que ele continue com as pulgas!

AMANDA – Coitado daquele cachorro. Latia tanto... Tanto...

TOMAZ – O louco já deve estar preso, internado.

AMANDA – E a dor do cachorro? Quem vai curar?

TOMAZ – A vida.

AMANDA – Essa vida não cura nada.

TOMAZ – Vai dormir, amor, você deve estar muito cansada, não foi um dia fácil. Pra mim também não.

AMANDA – (*sedutora*) Você gosta dos meus seios?

TOMAZ – O quê?!

AMANDA – Os meus seios, você ainda sente atração por eles?

TOMAZ – Que pergunta é essa agora?

AMANDA – Quando tava amamentando, eles ficavam enormes, lembra? O Dudu mamou até não querer mais.

TOMAZ – Eles continuam lindos.

AMANDA – Durante nosso namoro, você também gostava de brincar com eles quando a gente ia ao cinema, naquele escurinho.

TOMAZ – Pois é... nós aprontamos muito... Você se lembra daquela festa em que nós trocamos o primeiro beijo?

AMANDA – Claro, uma festa temática, dos anos sessenta. Na casa da Celinha. Era
aniversário dela... Anda sumida... Temos que ligar pra ela qualquer dia desses. Marcar uma jogatina.

TOMAZ – Você tava linda, num vestido azul com lacinho... Um "broto legal"!

AMANDA – E você, bem estranho com aquela brilhantina toda no cabelo. Ficou com a testa larga!

TOMAZ – Mas você disse que tinha gostado da jaqueta.

AMANDA – É, você tava "um pão", quase um... James Dean!

TOMAZ – Eu queria te convidar pra dançar, mas você fazia uma cara de difícil... Foi dura na queda.

AMANDA – Mas, aí, tocou aquela música romântica do Elvis Presley... Aquela que eu adoro.

TOMAZ – Foi a minha salvação, devo isso a ele até hoje.

TOMAZ põe um vinil na vitrola. Finge uma encenação.

TOMAZ – Será que a garota mais linda desta festa poderia me dar o prazer na contradança?

AMANDA – Tá falando comigo?

TOMAZ – E existe alguém mais interessante nesse salão? Aceita ser meu par?

AMANDA – Desculpa, sinto muito, mas é que eu... (*pausa*) Por que não?

Dançam ao som de "Can't Help Falling In Love". Após uns segundos AMANDA grita.

TOMAZ – O que foi?!

AMANDA – Você pisou no meu pé de novo! Como naquele dia... (*ri*)

TOMAZ – Poxa, achei que eu tinha evoluído um pouco nesses anos...

AMANDA – (*olha para o marido*) Você me ama, Tomaz?

TOMAZ – Que pergunta.

AMANDA – Ama?!

TOMAZ – Mas é claro!

AMANDA – Quanto? Quanto você me ama? Diz.

TOMAZ – Bastante.

AMANDA – Muito mesmo?

TOMAZ – (*brinca*) Um tantão assim!

AMANDA – Maior que esta casa?

TOMAZ – Maior que o *Rungrado May Day*, na Coreia do Norte, o maior estádio de futebol do mundo! Ele tem capacidade para 150 mil espectadores. Tá bom pra você?

AMANDA – Nossa... Acho que é muita gente pra presenciar essa nossa paixão...

TOMAZ – Quero ver todos os torcedores comemorando o nosso gol.

AMANDA – Os dois times?

TOMAZ – Sim. Até o chão tremer.

AMANDA – Posso cometer um pequeno pecado? (*desliga a vitrola*)

TOMAZ – Ai, ai, ai... O que você tá pensando em aprontar desta vez?

AMANDA – Você sabe que sou ansiosa. Nasci de sete meses... Eu ia deixar pro Dudu te entregar amanhã, mas não aguento de tanta ansiedade. Espera um pouco. (*vai até a gaveta da estante e pega um presente*) Aqui está.

TOMAZ – (*desconfiado*) Pra mim? Mas meu aniversário está longe e faltam meses pro Natal. Que história é essa, Amanda? É alguma "pegadinha"?

AMANDA – Está terminando o mês de agosto. Esqueceu que você não ganhou nada no Dia dos Pais? Não tive tempo de escolher nada naquela semana. Pronto, agora tá aqui o seu presente atrasado. Abra logo. Veja se você gosta.

TOMAZ – Amor... Não precisava.

AMANDA – O seu filho que escolheu.

TOMAZ – (*abre o presente. Surpreso*) Uau! É uma camisa do Barça! Poxa, golpe baixo, hein?

AMANDA – E está novinha em folha. A outra virou pano de chão de tanto que você usava, lembra? Ia comprar uma chuteira pro seu futebol de sábado, mas o Dudu grudou nesta camisa que tava no balcão. Lembrou pelas cores. Culpa do seu pai que pôs este time na cabeça do menino.

TOMAZ – O avô dele tem puro sangue espanhol. Paella... Gazpacho... Flamenco! Entendeu? Você queria o quê? Uma camisa do Napoli com cheiro de pizza?

AMANDA – Ah, sei lá! Podia ser de um time nacional... Olha, só não quero o Dudu frequentando aqueles estádios lotados. Acho perigoso... Põe ela de volta pra caixa, dobradinha. Amanhã ele vai te entregar e você faz cara de surpresa.

TOMAZ – Pode deixar.

AMANDA – (*aliviada*) A gente podia comer o doce agora, me deu uma fome...

TOMAZ – E a minha azia? Tá doida?!

AMANDA – (*após uma pausa*) Eu menti sobre aquela história do velho.

TOMAZ – Que velho?

AMANDA – O velho que olhou meus seios na farmácia, foi mentira.

TOMAZ – Mentira?!

AMANDA – É, invenção da minha cabeça.

TOMAZ – Como assim?!

AMANDA – Me deu vontade, ora!

TOMAZ – (*chateado*) Por que mentiu, hein?

AMANDA – Falei pra causar ciúmes em você.

TOMAZ – É sempre bom dizer a verdade. Você se esqueceu do nosso acordo? Esqueceu?

AMANDA – Não, mas é que...

TOMAZ – (*chateado*) Lembra que nós fizemos um pacto de nunca mentir um pro outro? Nunca. O nosso acordo. E isso que você fez não foi justo. Eu não gostei nada disso. Não disse a verdade pra mim... (*Pausa*) A história do cachorro foi outra mentira?

AMANDA – Não! Esta aconteceu mesmo... De verdade. Eu juro... E foi mesmo horrível... Mas quer saber? Antes fosse mentira também. Fiquei até com inveja desse fato. Queria que acontecesse algo cruel comigo hoje. Que alguém me desse umas bordoadas fortes. Que me tirasse dessa minha rotina de merda, sabe?

TOMAZ – Que bobagem é essa, Amanda? Pra que pedir estas coisas?

AMANDA – É que eu fico insegura, às vezes e...

TOMAZ – Por quê?

AMANDA – Não sei... Não sei.

TOMAZ – Por que parou de ir às sessões? A Judite me contou que você cancelou as últimas e...

AMANDA – (*irritada*) A Judite fala demais! Linguaruda... Intrometida... Que mania que ela tem de se meter na minha vida! Chega a ser irritante, sabia? Tô cansada de ser vigiada... Controlada... De dar satisfações... Não quero mais que ela se envolva em minhas coisas. E ponto final. Alguém tem de dizer a ela que eu não preciso de uma mãe.

TOMAZ – Mas ela é como se fosse. E eu não vejo nada demais... Ela apenas se preocupa com você. E eu também, sabia?

AMANDA – (*tenta mudar de assunto*) Olha só esse vestido que comprei pra festa de aniversário do Dudu. Veja se você gosta. Achei meio decotado. Um pouco ousado... Tô até pensando em trocar.

TOMAZ – Tira a roupa e experimenta preu ver.

AMANDA – Agora não dá.

TOMAZ – (*brinca*) Está achando que é vestido de casamento que o noivo só pode ver na hora?

AMANDA – Amanhã... Amanhã eu visto. Eu prometo.

TOMAZ – (*irônico*) Ok, "madame pudores"!

AMANDA – Tá na hora de dormir.

TOMAZ – (*chantagista*) Podia me agradar um pouco, eu

ando meio carente, mas tudo bem. Seria pedir demais. Sem problemas. Faça como quiser.

AMANDA – (*vencida*) Está bem... Está bem... Eu atenderei a sua vontade, meu "amo e senhor"! Mas para de fazer esta carinha de vítima que eu sei bem que você está com segundas e terceiras intenções... Abaixa esta luz e põe um disco. Agora eu quero uma cena com música. (*brinca*) Se é pra fazer show tem que ser coisa de profissional... Vamos lá!

TOMAZ – Vai ter showzinho, é? (*retira o cinto e os sapatos*) Hummm... Tô gostando... Tô gostando... Boa ideia! Pera aê... Pera aê... Pera aê... Vou procurar aqui! Só um segundo. Um segundinho só... Uhuu... Tô louco por um showzinho.

AMANDA – (*começa a tirar a roupa timidamente*) Mas não pode ser nada muito romântico, hein? Nada meloso demais... O momento é outro. Tem que ser algo assim... Com mais swing, sabe? Com uma boa "pegada"... Põe aquele disco da Eartha Kitt?

TOMAZ – (*procura o disco, afobado*) Boa! Boa! Essa é mesmo quente... Sempre foi. A mulher mais excitante do mundo, segundo o Orson Welles. Foi a Mulher Gato naquele seriado, né? Sei qual é o disco... Tô procurando... Eartha... Eartha Kitt... Pera... Pera... Pera um pouquinho, paixão... O show não pode esperar e eu também não... (*tira a calça. Fica só de samba-canção*) Ah, tá aqui! Achei. Sei qual é a faixa que você gosta... Pronto. Lá vai, hein?

TOMAZ põe na vitrola a música "My Discarded Men".

AMANDA – Hummm... Agora sim... Bem melhor... Gosto muito dessa música, me relaxa, sabe? Me acalma de todas as maneiras possíveis... Acho que ela é uma mulher bem sensual... Será que eu consigo? (*Coloca lentamente o vestido e cantarola*)

TOMAZ – Uau! Assim esse cordeiro vai virar lobo mau... Vem cá, Amanda!

AMANDA – Amanda, não! Me chame por outro nome qualquer.

TOMAZ – Como assim?!

AMANDA – Me chame por outros nomes de mulheres. Outras fêmeas... Agora, neste instante, eu quero ser várias delas. Mais de uma, tá bom? Vai, vai, chama.

TOMAZ – Outros nomes?

AMANDA – Sim. É fácil... Imagine que sou outras... E me diz os nomes de todas elas...

TOMAZ – Tá bem, vou tentar... (*começa a falar meio encabulado e depois se anima*)

Ana... Beatriz... Carla... Rosana... Cristina... Alexandra... Monique... Denise... Lúcia... Júlia... Eva...

AMANDA – Isso... Continua! Eva... Aquela da maçã... Do pecado... Da luxúria... Fala mais.

TOMAZ – Marina... Sofia... Camila... Soraia... Cátia... Simone... Cíntia... Patrícia... Suellen... Bianca... Sílvia... Renata...

AMANDA – Mais... Mais...

TOMAZ – Jussara... Sônia... Luciana... Evelyn... Tamara... Carol... Samantha... Rovena... Débora... Raquel... Érica... Jade... Diana...

AMANDA – Muito bom! Gostei de todos esses nomes... Agora imagina que eu sou uma mulher magra, bem magricela tipo modelo... Pensa que eu sou alta, bem alta, mas com algumas estrias... Tente me ver com curvas... Curvas perigosas... E com sardas no rosto, bem sardentinha, ruiva e peituda...

TOMAZ – Ruivinha peituda... Sei... Sei... Ruivinha peitudona.

AMANDA – E agora uma gordinha sensual... Roliça... Pensa que tenho celulites e que isso não tem problema algum pra você...

TOMAZ – Celulites... Tudo bem... Celulites... Sem problemas. Viva as celulites!

AMANDA – Isso... Relaxa... Continua, vai! Pensa que eu sou uma japonesa, toda esticadinha... Ou uma muçulmana cheia de lenços misteriosos... Uma paquistanesa... Uma negra, uma negra africana com boca carnuda, bem poderosa, com tranças lindíssimas! Quero que me veja, assim, diferente. Em várias formas de fêmea... Bem diferente de mim mesma. Você consegue?

TOMAZ – Mas agora eu só penso em você, meu amor, eu só quero você... Assim do jeito que você é... Normal e linda!

AMANDA – Não... Imagina que sou uma gostosa depilada, com coxas grossas, uma loira esperta, levemente estrábica, com óculos e safada... Imagina que sou uma puta... Uma puta de esquina, borrada de batom, que cobra bem baratinho. Promoção total... Facinha, facinha...

TOMAZ – Hummm... Putinha safada... Gostei disso... Gostei da putinha.

AMANDA – E agora... uma travesti...

TOMAZ – (*decepcionado*) Travesti?!

AMANDA – Isso. De peruca e tudo! Com voz rouca e paetês! Imagina que eu sou uma... transexual europeia!

TOMAZ – Putz! Para, para, para... Assim, haja "cérebro", hein, Amanda? É muita criatividade pruma noite só, não acha, não?

TOMAZ sai do clima e desliga o som.

AMANDA – (*ajeita o vestido no corpo*) Fala a verdade pra mim, não mente, você não acha que fiquei meio vulgar com essa roupa? Hein? Diz pra mim. Tá bom esse decote? Achei meio falso... Não quero dar chances pra comentários daquele povo. Você sabe que eu...

TOMAZ – Tá ótima, parece até uma artista de cinema. Sensual pra caramba... Quero a minha mulher, assim, bem gostosona! E que todos os homens morram de inveja de mim. (*grita*) Chupa, babacas!

AMANDA – Tomaz... Posso te fazer uma pergunta? Mas me responda com toda sinceridade... Você tá me traindo, não tá?

TOMAZ – (*chateado*) Amanda... Esta conversa de novo? Justo agora?

AMANDA – Mas eu preciso saber.

TOMAZ – Pronto, você quebrou o meu tesão. O bicho desmoronou aqui. Brochei. Agora tá tudo abaixo de zero... Tá satisfeita?

AMANDA – Quero que me conte.

TOMAZ – Quer que eu confirme as fantasias da sua cabeça? Está tarde, você já pode ir dormir.

AMANDA – Perdi o sono. Vou terminar a lista.

TOMAZ – Lista? Que lista?

AMANDA – A lista de compras pro aniversário do Dudu! É na semana que vem, esqueceu? Temos que comprar talheres e pratos descartáveis, velas, ingredientes pro bolo e pros doces, material pra decoração... Só não vai ter balão. (*pausa*) Ele não gosta de balões... Amanhã mesmo enviarei os convites.

TOMAZ – Temos mesmo que comemorar? Achei que ia ser algo apenas entre nós.

AMANDA – Claro que temos que fazer a festa! Ele vai ficar feliz e além do mais precisa do contato com outras crianças.

TOMAZ – Está bem, faça como quiser.

AMANDA – O que vamos comprar de presente?

TOMAZ – Presente?!

AMANDA – Poderemos ir juntos ao shopping, amanhã à noite. Que tal?

TOMAZ – Não sei que horas vou sair do trabalho, deve ter outra reunião de praxe. Está todo mundo querendo mostrar serviço, eu já te disse!

AMANDA – Fui pegar as fotos dele que mandei ampliar pro painel, ficaram lindas, quer ver? Revelei umas antigas também, pra variar. (*levanta-se*)

TOMAZ – Amanhã, agora tô cansado.

AMANDA – São só umas fotos... Do *nosso* filho.

TOMAZ – Eu vejo com calma depois.

AMANDA – (*repreensiva*) Tomaz!

TOMAZ – (*vencido*) Onde estão?

AMANDA – (*pega as fotos e mostra*) O que você acha?

TOMAZ – Ficaram boas.

AMANDA – (*eufórica*) Lembra desta aqui? Aquele dia no

parque. Olha só ele com a boca toda suja de sorvete! Aqui o papai com aquele terno velho no dia do batizado... Falei pra trocar! O Romeu com a Solange de padrinhos...

TOMAZ – (*entediado*) Sei...

AMANDA – Olha o jeito dela, toda espalhafatosa, parece uma pata desengonçada... Olha o cabelo, ficou horas no salão e parece que saiu de um liquidificador! (*ri*) O seu Manolo, da padaria, inventou de cantar aquelas músicas de corno na hora da festa, tava meio bêbado, desagradável, a mulher tinha fugido de casa, lembra?

TOMAZ – (*ri*) Ele caiu da cadeira e quase bateu a testa, mas não quebrou os chifres.

AMANDA – E esta sua cara de pateta, aqui, carregando o Dudu?

TOMAZ – Ele tinha feito cocô, né, Amanda?

AMANDA – Você nunca teve jeito pra fraldas.

TOMAZ – E nem pro conteúdo que elas guardam.

AMANDA – Faz parte, já devia ter se acostumado.

TOMAZ – Então, me ensina de novo, vai... Vem trocar aqui a minha fraldinha...

AMANDA – Não tem graça alguma, Tomaz, você já tá bem grandinho.

TOMAZ – (*safado*) Grandinho que é bom, meu bem...

AMANDA – Deixa de macaquices! Para com isso... olha só, tá amassando as fotos... Sai daqui.

TOMAZ – Deixa eu te amassar também... Deixa...

AMANDA – Chega, Tomaz, estou com dor de cabeça.

TOMAZ – (*irônico*) Dor de cabeça?!

AMANDA – Que foi? Que cara é essa?

TOMAZ – Mais uma desculpa, né, Amanda? (*pausa*) Vou sair.

AMANDA – Você devia cuidar mais dele, Tomaz, cuidar mais da sua família.

TOMAZ – Mais? Como assim, "mais"? O que você quer que eu faça?

AMANDA – Somos especiais.

TOMAZ – Especiais? Temos que ser normais! Normais como qualquer outro casal, Amanda!

AMANDA – Você só pensa nas suas coisas, em seu trabalho, em seus projetos. Nunca tem tempo pra ele.

TOMAZ – Tempo, tempo, tempo... E nós? Eu e você. O que nós fazemos com o nosso tempo, Amanda? Ele está passando e parece que ficamos presos nele. No passado.

AMANDA – Não é bem assim...

TOMAZ – Pra mim chega!

AMANDA – Fácil, muito fácil pra você, pensar desse jeito, não é? Pois pra mim chega também. Você é um egoísta... Um escroto... (*grita*) um filho da puta!

TOMAZ – Abaixe essa voz. Não fala assim comigo!

AMANDA – Eu falo do jeito que eu quiser! Quem tá nessa lama fedida sou eu... Uma areia movediça... E você quer me deixar sozinha... Quer que eu me afunde nela, não é isso? Quer se livrar da mulherzinha complicada e posar de bom rapaz pra sociedade. Pois me internar não seria politicamente correto, é bem verdade... Isso nunca! Só que o final da história não será bem assim, "meu amor"... Eu te digo que eu sou forte e posso recomeçar tudo sozinha. E eu levarei o nosso filho comigo, ouviu bem? Pra bem longe de você. Não preciso das suas esmolas. Não mesmo. E levarei também todas as minhas figuras de linguagem: metáfora, hipérbole, eufemismo, elipse, metonímia, antítese, paradoxo, pleonasmo e várias outras... Você não vai mais precisar se esforçar pra me entender! Talvez, um dia, um belo e ensolarado dia, você sinta falta de nós, mas então já será tarde demais. *Game over*! Caminho sem volta, meu bem, sem atalhos. Você pegará a estrada errada. E uma vaca... Uma vaca gorda e prenha vai passar lenta bem no meio do seu caminho. Barulho de freio em alta velocidade. Pneus seminovos e curvas incertas. Falso desvio em tensão total. E você capotará na estrada errada depois do mugido dela. Coitado. Quer saber? Eu posso falar do jeito que eu quiser! Eu te odeio... eu te odeio... (*grita*) eu te odeio!

AMANDA avança para TOMAZ que a empurra.

TOMAZ – (*grita*) Basta dessa merda toda!

AMANDA – (*cai ao chão*) Isso! Continua! Me bate... Me chuta... Me corta... Me mutila toda... Pega de volta aquele gato, vai... Aquele gato com as unhas bem afiadas... Vou deixar que ele me arranhe o pescoço... Assim... Até sangrar... Que ele se vingue de mim! Será justo, não? Eu ficarei quieta... Quietinha... Eu não denunciarei... Não... Não... Não... Ficarei calada... Dançando no vazio... Flutuando para não ser tragada pela areia movediça... Ou irei cuidar daquela vaca da estrada... O que eu não posso é continuar neste estado de letargia.

TOMAZ – Eu não vou mais concordar com essas suas loucuras... já tá demais pra mim.

AMANDA – Eu não estou louca! Nunca mais diga isso pra mim.

TOMAZ – Então prove o contrário. Para de se comportar como se fosse uma.

AMANDA – Você não sabe o que eu estou passando... Finge que sabe. Mas ninguém sabe... Ninguém é capaz de saber... De me entender!

TOMAZ – E você ainda fala do seu irmão...

AMANDA – O que é que o Sérgio tem a ver com isso?

TOMAZ – Você comentou da foto que ele enviou ao seu pai. O salto de paraquedas.

Nós é que saltamos de paraquedas todos os dias, Amanda. E um dia ele pode falhar.

Eu sei. Eu tenho medo desse dia... Eu estou no meu limite, entende? (*veste a roupa. Tenta sair*)

AMANDA – Espera. Aonde você vai?

TOMAZ – Acabou o meu cigarro.

AMANDA – Tenho um maço na bolsa.

TOMAZ – Eu preciso sair, tomar um pouco de ar.

AMANDA – Eu abro as janelas.

TOMAZ – Vou dar uma corrida no quarteirão.

AMANDA – Leva a bicicleta.

TOMAZ – Vou a pé. Pra esfriar a cabeça.

AMANDA – Eu te sufoco, não é?

TOMAZ – Eu só preciso de um pouco de silêncio.

AMANDA – Minha conversa te incomoda.

TOMAZ – Preciso pensar...

AMANDA – Eu te irrito, eu sei.

TOMAZ – Vou espairecer.

AMANDA – Deve ter enjoado de mim.

TOMAZ – Eu quero ficar sozinho. Posso?

AMANDA – Você volta?

TOMAZ – Não sei.

AMANDA – Fica.

TOMAZ – Pra quê?

AMANDA – Não sei.

TOMAZ – Melhor assim.

AMANDA – Você vai me deixar, não é?

TOMAZ – Descansa.

AMANDA – Você vai me deixar.

TOMAZ – Pelo amor de Deus, Amanda!

AMANDA – Deus é cruel.

TOMAZ – Ele sabe o que faz.

AMANDA – Sabe nada, está sempre ocupado.

TOMAZ – Talvez.

AMANDA – Tem muita coisa desconcertada nesse mundo. Ele não dá conta de tudo.

TOMAZ – Então vamos viver sem Ele. Faremos de conta que Ele não existe.

AMANDA – Mas algo tem que existir pra que eu possa despejar toda esta culpa!

TOMAZ – Esquece isso, nós ainda podemos ser felizes.

AMANDA – Não é justo, Tomaz. Tá tudo rasgado, sem sentido.

TOMAZ – Podemos costurar o que for preciso. Mas vamos viver a realidade.

AMANDA – Não dá mais tempo.

TOMAZ – Ninguém tem culpa de nada. Aconteceu, foi uma fatalidade.

AMANDA – E por que conosco?

TOMAZ – Não sei, juro que não sei.

AMANDA – A nossa vida não tem mais cor.

TOMAZ – Essa cor é que não tem mais vida.

AMANDA – Parece que a nossa história descoloriu.

TOMAZ – E que cor você gostaria que ela tivesse?

AMANDA – Não sei... Talvez... Ciano... Magenta... Bordeaux!

TOMAZ – Bordeaux? Como o vinho? (*pausa*) Gosto. É diferente. Bordeaux...

TOMAZ sobe no sofá, com ar brincalhão.

TOMAZ – Vem comigo.

AMANDA – Pra onde?!

TOMAZ – Repintar a nossa vida.

AMANDA – Você nunca perde esse humor de pateta.

TOMAZ – Não... Não é piada, falo sério. (*pula no sofá*) Vem cá!

AMANDA – Está bem, só um pouco então. (*sobe também no sofá e pula*)

TOMAZ – Gostou?

AMANDA – Isso é bom, hein?

TOMAZ – É delicioso... Relaxe.

AMANDA – Parecemos dois bonecos tontos.

TOMAZ – Vamos pular bem alto até atingir o solo lunar.

AMANDA – Como dois astronautas apaixonados?

TOMAZ – Sim... Flutuando na superfície da lua.

AMANDA – Ela é da cor de giz... Riscaremos o infinito.

TOMAZ – Isso não é demais?

AMANDA – Sim... É muito... Muito bom! (*recua. Parece ouvir algo*) Você ouviu?

TOMAZ – (*alienado*) Não ouço nada além de nós dois.

AMANDA – Acho que ele acordou.

TOMAZ – (*desapontado*) Vamos ficar aqui mais um pouco.

AMANDA – Fizemos barulho.

TOMAZ – Tudo bem, a gente faz mais silêncio agora.

AMANDA – Não devíamos ter gritado tanto.

TOMAZ – Fica aqui... Fica por favor!

AMANDA – Não dá. Vou até o quarto. Ele deve estar nos procurando.

TOMAZ – (*chateado*) Chega, Amanda!

AMANDA – O que houve?

TOMAZ – Até quando vamos brincar deste jogo?

AMANDA – Jogo? Que jogo?

TOMAZ – Eu quero fazer sexo, Amanda!

AMANDA – O quê?!

TOMAZ – Sexo. O que todo casal normal pratica. Há quanto tempo não fazemos?

AMANDA – Por que está falando disto agora?

TOMAZ – (*avança para a mulher, com desejo*) Eu quero transar com você, te jogar na cama, te lamber e foder você todinha, comer a sua buceta, o seu cu, quero que sinta o meu caralho latejando, que engula a minha porra escorrendo, quero gozar dentro de você, Amanda!

AMANDA – (*recua*) Tomaz!

TOMAZ – Qual será o tempo médio de sexo entre um casal durante um mês? Quais são as estatísticas mundiais? Você sabe?

AMANDA – Você está doido!

TOMAZ – Tô, sim, tô doido, maluco e bem alterado! Vamos, tire essa roupa, me deixe ver seu umbigo... seus seios... deixa eu ver.

AMANDA – Não!

TOMAZ – São meus... Você sempre disse isso... Esqueceu? (*pausa*) Quem é que vai ter a coragem de assumir que dificilmente tem relações sexuais ou orgasmos na cama? Você pode até fingir, em algum belo dia, que faz sexo e disfarça loucamente... Mas, no fundo, bem lá no fundo, continua se iludindo, se cobrando por algo que...

AMANDA – Escuta aqui, mocinho, deixa eu te dizer uma coisa importante da vida real: a maioria das pessoas se queixa da frequência de suas relações, sim. Às vezes, percebemos o nosso pensamento indo a uma direção e o corpo na outra. Por vários outros motivos. Somos animais urbanos. O que significa que a nossa cabeça não está sempre ligada nos sentimentos, que por sua vez também não estão conectados nos desejos. E ficar se perguntando qual será o seu limite de tolerância para o apetite sexual não ajuda nada, entende? Cada casal estabelece o seu próprio ritmo no sexo. É mais que coerente.

TOMAZ – (*irônico*) Nossa, como você fala bonito, meu amor... erudita... envolvente... mas, só pra te avisar, eu pesquisei, fui a alguns livros e à internet, o poço atual da sabedoria plena... Descobri que a média de relações sexuais é de duas vezes por semana. Duas vezes. E sabe há quanto tempo eu não te penetro? Há quanto tempo você não sente o meu pau?

AMANDA – Para com isso, Tomaz!

TOMAZ – Há meses! Muitos meses... desde que...

AMANDA – Eu não quero ouvir mais nada!

TOMAZ – E te digo mais, meu bem, faz tempo que eu me masturbo no banheiro. Sozinho... Você nunca percebeu? Solto o meu esperma no chuveiro até ele fugir desolado pelo ralo!

AMANDA – (*afasta-se do marido*) Para com essa besteira!

TOMAZ – Não é besteira, Amanda. É o que eu sinto. Eu quero outro filho!

AMANDA – Já conversamos sobre isso.

TOMAZ – (*grita*) Eu quero outro filho.

AMANDA – (*assustada*) Não grita. Ele vai acordar.

TOMAZ – (*grita mais alto*) Que me importa?

AMANDA – Eu me importo. Vou dormir. Pode tomar o seu banho.

TOMAZ – Vou dormir sujo, estou sujo... Na verdade, nós dois estamos sujos, não é, Amanda?

AMANDA – Pra que toda esta cena?

TOMAZ – (*irônico*) Quem faz o teatrinho aqui é você, meu amor. E sem plateia.

AMANDA – Amanhã tenho muitas tarefas. Vê se não demora tanto como hoje.

TOMAZ – Amanda...

AMANDA – Talvez eu use o carro, vou ter que pegar os convites da festa na gráfica.

TOMAZ – Amanda, escuta...

AMANDA – Se fizer este calor de hoje, será outro dia difícil.

TOMAZ – Amanda, tudo isso pode ser diferente.

AMANDA – Não esquece de passar no quarto dele depois.

TOMAZ – Lá só tem roupas e brinquedos.

AMANDA – Que bobagem é essa?

TOMAZ – Bobagem é o que fazemos todas as noites.

AMANDA – Você é um ingrato, nem enxerga o nosso filho.

TOMAZ – (*ríspido*) Amanda, não existe filho!

AMANDA – (*atônita*) Mas o que é que você tá dizendo?

TOMAZ – Eu não aguento mais! (*riso nervoso*) É engraçado. Muito engraçado. Eu vendo pneus o dia inteiro. Pneus, já ouviu falar? Aqueles objetos pretos e redondos. Sabia que eles, os pneus, foram inventados em 1845, depois que um norte-americano deixou cair borracha e enxofre no fogão? Tornaram-se então substitutos das rodas de madeira e ferro, usadas em carroças e carruagens. A borracha, além de ser mais resistente e durável, absorve melhor o impacto das rodas com o solo, o que tornou o transporte mais confortável e funcional. *Firestone... GoodYear... Continental*... Você sabia também que um pneu demora em média seiscentos anos para se recompor? São quase eternos no meio ambiente. E eu me sinto definhando neste asfalto maldito a cada dia que passa. Existem pneus pra todos os tipos de velocidade. E a minha vida não sai do lugar. Um monte de pneus... *Firestone... GoodYear... Continental*... Aqueles objetos pretos e redondos, e eu não consigo andar pra frente. Fico parado, numa estrada qualquer, esperando uma carona que nunca chega. E só vejo acidentes ao meu redor.

AMANDA – Está tarde. Quase amanhecendo. Vamos dormir... Vamos? O Dudu daqui a pouco acorda e adeus silêncio...

TOMAZ – Por que você faz isso comigo?

AMANDA – O quê?!

TOMAZ – Por que todos os dias você afunda a nossa história?

AMANDA – Do que você tá falando?

TOMAZ – Vamos acabar logo com esse martírio.

AMANDA – O que é isso, Tomaz?

TOMAZ – "Banalidade do mal"... Lembra daquela frase que você me falou? Realmente "não existe algo mais difícil do que pensar". E eu cansei, Amanda... Cansei. Chega de "contos de fada"! Chega de bruxas, castelos, cavalos brancos e o escambau! Eu quero é ser alguém comum.

AMANDA – Fala baixo! Ele pode acordar.

TOMAZ – O NOSSO FILHO MORREU, AMANDA!

AMANDA – (*surpresa*) Que tolice é essa?

TOMAZ – O nosso filho morreu!

AMANDA – (*nervosa*) Mentira, mentira, mentira!

TOMAZ – Você sabe que é verdade. Você sabe! Olha pra isso... (*bagunça os brinquedos*) Essas drogas coloridas aqui não prestam pra mais nada... Pra ninguém!

Longa pausa.

AMANDA – (*começa a chamar pelo gato*) Onde será que ele está?

TOMAZ – Ele voltou para a casa do seu pai. Aqui não tem mais nenhum gato. Esqueceu?

AMANDA – É verdade... Eu sei... Aquela doença... A tal da toxi... não sei o quê...

TOMAZ – Toxoplasmose. Mas são casos raros de acontecer. Já te disse isso.

AMANDA – (*delira*) Os gatos têm excelente memória. Sabia que eles passam, em média, dois terços do dia dormindo? Isso significa que em nove anos de vida eles estão acordados em apenas três... Um gato faz cerca de cem sons diferentes, enquanto um cão faz cerca de dez... Ele quase nunca mia para outro gato, apenas para humanos. Somente cospem e ronronam para outros gatos... Tive curiosidade e resolvi conhecer um pouco sobre eles.

TOMAZ – Olha, se você quiser, eu posso passar amanhã na casa do seu pai e...

AMANDA – (*seca*) Não. Não precisamos de gato... De nenhum gato.

TOMAZ – (*preocupado*) Você está bem, Amanda?

AMANDA – (*quase desmaia*) Tomaz...

TOMAZ – O que houve?

AMANDA – Estou tonta.

TOMAZ – Espera. Vem cá... Senta... Senta aqui...

AMANDA – A minha vista está turva...

TOMAZ – Onde estão os seus calmantes? Onde estão? (*procura*)

AMANDA – Eu não quero tomar nada, não preciso.

TOMAZ – Vou ligar pra sua médica.

AMANDA – Está passando. Esquece. Vou ficar bem.

TOMAZ – (*toca nela*) A sua pressão deve ter caído de novo. (*nervoso*) Tenho que achar a porra dos remédios!

AMANDA – Calma. Fica aqui... Você promete ficar comigo?

TOMAZ – Eu estou com você. Sempre.

AMANDA – Mas não acredita em mim.

TOMAZ – Como não?

AMANDA – Quer que ele esteja morto.

TOMAZ – (*paciente*) Você não vê que nós estamos nos mutilando a cada dia que passa?

AMANDA – Por quê?

TOMAZ – Isto tem que parar, caso contrário... Não haverá mais volta. Será o nosso fim.

AMANDA – Por que você está fugindo do nosso acordo? Da nossa história?

TOMAZ – Porque ela não é real. Ela não existe, meu bem. Sei que agora tudo ainda está doendo, mas vai passar. Este inferno tem que passar.

AMANDA – A culpa foi minha.

TOMAZ – Não... Claro que não.

AMANDA – Eu sei que foi.

TOMAZ – Você se descuidou por um segundo, não foi sua culpa.

AMANDA – Ele foi atrás daquele balão... aquele maldito balão!

TOMAZ – Já passou. É fato. E não podemos mais voltar no tempo como naquela festa dos anos sessenta.

AMANDA – Eu devia ter visto aquele carro.

TOMAZ – O carro tava desgovernado, o motorista tava bêbado. Foi preso.

AMANDA – Ele devia ter morrido também!

TOMAZ – Nós é que morremos a cada dia.

AMANDA – (*seca*) Vou dormir.

TOMAZ – Espera.

AMANDA – Não, eu vou dormir. Estou exausta.

TOMAZ – Você vai ter que me ouvir.

AMANDA – Depois... Agora eu vou dormir, Tomaz!

TOMAZ – (*ríspido*) Fica aqui e me escuta, porra! Senta aqui e me deixa falar... Eu preciso falar e você vai me ouvir! Nem que eu tenha que... (*pausa*) Tem um monte de coisa engasgada aqui na minha garganta. Pia entupida precisa de água fervida com detergente ou sabão em pó, sabia? E quando é uma garganta? Põe o quê? Me diz... Soda cáustica? Cinco litros de Coca Cola? Pois eu já tentei tudo isso e continua o mesmo nó visguento que me sufoca dia e noite... Sem parar... (*pausa*) Na semana passada eu tava dirigindo e... eu parei num semáforo, perto do trabalho, o sinal tava amarelo, eu podia ter acelerado, mas não, eu sabia que algo ia acontecer e parei o carro. Simplesmente, parei. Foi quando uma mendiga bateu no vidro pedindo esmolas, era um pouco bonita, suja, descuidada, magricela, mas bonita à sua maneira. Tinha duas crianças nos braços. Crianças de carne, osso e perebas. E uma delas parecia o Dudu, o nosso filho, com aqueles olhinhos redondos, castanhos... A covinha na bochecha... Sabe aquela covinha? Parecia mesmo o Dudu... Eu juro! Fiquei tonto... Senti inveja e raiva dela. Pensei em roubar o menino. (*riso nervoso*) Você ouviu o que eu disse? Pensei em roubar aquela criança! Morri de inveja daquela mulher suja e fedida na minha frente, inveja daqueles dentes podres, daquelas unhas encardidas e daqueles braços segurando o menino. Podia ser meu filho... O nosso filho, Amanda! (*pausa*) Não, eu não passo mais por aquele caminho, juro que não passo! Na verdade, nem tenho conseguido dirigir... Acho que em cada parada esse imbecil aqui vai encontrar com a tal mulher e roubar a criança... Que loucura... Que loucura... Tem um monte de coisa engasgada aqui na minha garganta... Um monte... Dia e noite... Sem parar... (*chora*) Temos que nos ajudar, Amanda! Está difícil pra mim também. Bem difícil.

AMANDA – (*após uma pausa*) Desculpa.

TOMAZ – Às vezes eu me sinto como o velho decrépito daquele conto que você leu pra mim numa noite. "O homem da multidão". Era esse o título, não era?

AMANDA – Sim. Um texto do Edgar Allan Poe.

TOMAZ – O velho, como "homem–massa" que é, não vai a nenhum lugar concreto, apenas caminha sem uma lógica, faz os mesmos percursos repetidamente... Os mesmos. O velho procura lugares onde encontre a multidão e se possa confundir nela, quando aquela se dispersa ele se sente angustiado e procura outra multidão, capaz de lhe orientar, que indique o caminho, um modo de agir.

AMANDA – Desculpa... Você me desculpa? (*pausa*) Olha pra mim, Tomaz... Diz que me desculpa.

TOMAZ – Tudo bem... Tá tudo certo.

AMANDA – Olha pra mim... (*pausa*) Eu sou uma tonta, estraguei tudo, não foi?

TOMAZ – Não, tá tudo bem... Relaxe.

AMANDA – Eu só queria que ele um dia pudesse ouvir a

minha nova história. Ao menos uma vez. (*Procura uns papéis na estante, encontra e mostra ao marido*) Terminei de escrever ontem de madrugada, enquanto você dormia... Acho que o Dudu iria gostar... (*pausa*) Quer ouvir? Posso te contar? Você deixa? Ainda precisa de uns retoques, mas... Fala de um menino sardento, teimoso e cheio de estripulias que quer encontrar a chave mágica que abre a porta do mundo das ideias. Um lugar encantado que tem a resposta pra tudo que a gente imaginar. Então, ele foge de casa, numa noite alta, sai sorrateiro, com as meias trocadas e um chapéu torto. Perambula por vários lugares bem distintos. No sol e na chuva, no vento e na geada. Conhece muitos personagens, experimenta sabores na primavera... tropeça em armadilhas no outono... colhe gravetos pruma fogueira de inverno e vence desafios perigosos sob o calor do verão... E no fim – por um pequeno acaso – descobre que ela, a tal chave que tanto procurava, tava em sua própria cabeça, debaixo do chapéu! (*ri*) Bastava pôr a "cachola" pra funcionar usando a sua mente de criança que faiscava ideias sem fim. Criou coisas incríveis, cresceu e ficou forte e famoso pelas suas invenções engraçadas e viveu feliz pra sempre com os seus pais, que já estavam bem velhinhos, numa casa amarela que era a sua cor preferida... Amarela como a lua que nunca iria sumir dos seus pensamentos. Amarelo também como o seu quartinho de bebê. (*pausa. Ameaça chorar*) Eu... Eu escrevi isso ontem... Acho que ele iria gostar... Sei lá... (*cantarola*) "Pipoca Elegante... Pipoca Elegante... Crocante, crocante, gostosa e chocante..." (*pausa*) Na verdade, eu só queria que ele, um dia, pudesse ouvir... Ainda não tá pronto... Faltam uns ajustes... Mudar algumas palavras e...

TOMAZ – (*emocionado*) Ele vai gostar. Ele vai ouvir e gostar muito, de onde quer que esteja.

AMANDA – Você acha mesmo? Ele sempre ouvia as minhas historinhas antes de dormir, lembra? (*pausa*) Por que damos tantas voltas pra achar uma saída?

TOMAZ – Talvez porque ela está óbvia em nossa frente.

AMANDA – Mas ela existe. Não é, Tomaz?

TOMAZ – (*brinca*) Aqui. Bem debaixo do nosso chapéu torto.

AMANDA – Que bom... É bom saber disso... Me abraça?

TOMAZ – (*aproxima-se dela*) Temos que ser fortes, querida... Temos que ser fortes!

AMANDA – E amanhã?

TOMAZ – Será outro dia, com uma nova chance para nós dois.

AMANDA – Jura?

TOMAZ – Você quer?

AMANDA – Muito.

TOMAZ – Onde está aquele doce?

AMANDA – Na geladeira, numa vasilha azul.

Beijam-se. Após uns segundos, ouve-se um choro de criança.

AMANDA – Ele acordou.

TOMAZ – (...)

AMANDA – Você ouviu? (*insiste*) Ouviu?

TOMAZ – Sim... Sim... Acho que ouvi sim.

AMANDA – Ele deve estar com fome.

TOMAZ – Temos que fazer silêncio?

AMANDA – Só mais essa vez.

TOMAZ – Mas é que...

AMANDA – Eu prometo.

TOMAZ – Jura?!

AMANDA – Só mais essa vez.

TOMAZ – (...)

Retiram alguns brinquedos do chão, olham um para o outro, e abraçam-se com toda a força do mundo.

Cai a luz.

Impressão e Acabamento
Bartiragráfica
(011) 4393-2911